フェンリル王と永遠の花嫁

真崎ひかる

22938

角川ルビー文庫

「怖いもの知らずな子どもが、愚かな……喰うぞ」
そう低く言い放つと、首元に牙を押し当ててくる。
吐息が肌をくすぐる。薄っすらと鳥肌が立ち、トクントクンと心臓が鼓動を速めた。
フェンリル王と永遠の花嫁

目次

口絵・本文イラスト／こうじま奈月

フェンリル王と永遠の花嫁

《零》

壁《かべ》に埋《う》め込まれたレンガ造りの暖炉《だんろ》には火が点《とも》され、オレンジ色の炎《ほのお》が揺《ゆ》れている。

リビングの床《ゆか》に敷《し》かれたふかふかの絨毯《じゅうたん》は暖かくて、心地《ここち》いい。寝《ね》そべってスケッチブックに絵を描《か》いていると、眠《ねむ》ってしまいそうだ。

大好きな祖父母が住むフィンランドの、大好きな家。

年に一度、訪《おとず》れることができるかどうかという異国での時間が、乃依流《のえる》はすごく好きだった。

今年は両親が一緒《いっしょ》ではなく、十五歳の姉と二人だけの滞在《たいざい》ということもあって、これまで以上に特別だ。

「ノエル、カリン。クッキーが焼けたから、おやつにしましょう。熱いホットミルクが飲み頃《ごろ》になるまで、怖《こわ》いお話をしましょうか」

「怖いお話？」

いつもは優《やさ》しい祖母が、笑《え》みを消してそう口にするものだから、絨毯から身体《からだ》を起こした乃依流は頬《ほお》を強張《こわば》らせた。

乃依流の近くでテレビを見ていた姉の花梨《かりん》も、「なになに？」と身を乗り出す。

「そういうの、大好き。聞かせて、おばあちゃま」

怖がりの乃依流と違《ちが》って好奇心《こうき》旺盛《しんおうせい》な姉は、「早く」と祖母に催促《さいそく》する。

両手に持っていたトレイを置いて絨毯に腰《こし》を下ろした祖母は、神妙《しんみょう》な口調で語り始めた。

「すぐそこの、森のお城のお話です。この森の奥には、『フェンリル』という狼《おおかみ》の姿をした魔《ま》物《もの》の王様が住んでいるお城があるのです。迷い込むと、丸のみされる恐《おそ》ろしい王様です。だから、一人で森の奥に入ってはいけませんよ」

狼の姿をした、魔物の王様。

もっと幼い頃なら、本気にして怖がったかもしれない。

でも、乃依流はもう八歳だ。想像しようとしても、ゲームのキャラクターしか思い浮《う》かばないから怖くない。

「……うん。わかった、おばあちゃま」

それでも、祖母が真顔だから小さくうなずいて見せる。

七つ年上の姉は、乃依流のように『怖がるふり』をすることなく、「なぁんだ」とつまらなそうな顔をした。

「おとぎ話かぁ。もっと、怖いお話はないの？」

「今のが、このあたりでは一番怖いお話よ。フェンリル王はもともと人間の王様で、悪いことをして世界中の宝物を集めたそうなの。でもある日、聖職者によって狼の姿に変えられて、お城に閉じ込められた。今も森のどこかにあるそのお城には、世界各地の宝物がいっぱい隠《かく》されたままだけれど、宝物を目当てに忍《しの》び込んだ人たちは『フェンリル王』に囚《とら》われて二度とお城から出られないそうよ。カリンのような若く美しい娘《むすめ》が迷い込むと、異形の王様の花嫁《はなよめ》にされてしまうの」

「ふーん。宝物かぁ。綺麗《きれい》な宝石かな」

「そうねぇ。見たことがある人には、会ったことがないから、どんな宝物なのかはおばあちゃんも知らないの。さぁ、ミルクが飲み頃になったわ。クッキーもどうぞ」

話し終えた祖母は、手作りのクッキーがたくさん盛られたお皿とホットミルクの入ったマグカップを差し出してくれる。

「いただきまぁす。あっ、可愛《かわい》いアクセサリーショップ。お土産《みやげ》を買って帰りたいな。帰国前に寄れるかなぁ」

姉の興味はテレビの中のお店に移ったようだけれど、マグカップを手にした乃依流はぼんやりと考えた。

……どんなお城だろう。この前見た、魔法の映画のお城より大きい？　本物のお城を、見てみたいな。

□□□

「どうしよう。帰り道、わかんない」

祖母から入ってはいけないと言われるまでもなく、鬱蒼《うっそう》とした森の奥にまで歩を進めるつもりはなかったのだ。

ただ、見たことのない花が咲《さ》いていたことで、森の奥に続く小道へ足を踏《ふ》み込んだ。スケッチブックに花を描いていると、その花に珍《めずら》しい蝶《ちょう》がとまった。飛び立った蝶を追いかけて小道を進んでいた乃依流の目の前を野兎《のうさぎ》が横切って、思わず駆《か》け足で追いかけた。

そうして夢中で森を歩いているうちに、日が暮れかけて霧《きり》が視界を覆《おお》い……帰り道を見失ってしまったのだ。

森の奥には『フェンリル王』のお城が……と語った祖母の声を思い出しそうになり、左右に頭を振《ふ》って追い出す。

日暮れと共にどんどん気温が下がり、上着の隙間《すきま》から冷たい空気が忍び込んでくる。手袋《てぶくろ》をしていない手がかじかみ、スケッチブックを握《にぎ》る指の感覚が鈍《にぶ》くなってきた。

森で迷子になってしまった……と、考えないようにしていた現状を認めざるを得なくなった乃依流の目前に、橋が現れた。

石でできた橋は、湖の真ん中にある小さな島へと続いているようだ。なにかに呼ばれるように、橋を渡《わた》らなければいけないような気分になって恐る恐る橋を渡ると、白く視界を霞《かす》ませる霧の向こうに建物が見えた。

「フェンリル王のお城?」

祖母から『フェンリル王』の話を聞いたのは、つい昨日だ。まだ忘れていない。ハッキリと思い出すことができる。

乃依流は、ぼんやりとしか見えない大きな建物を目にしながらつぶやいたけれど、すぐに「まさか」と打ち消す。

姉も言っていたが、祖母の語ったあれはただのおとぎ話だ。

怖くない。全然怖くない。怖く……ない。

心の中で自分に暗示をかけるように繰《く》り返していたけれど、バササッと羽音を立てて頭上を大きな鳥が横切った瞬間《しゅんかん》「ひっ」と肩《かた》を竦《すく》ませる。

やっぱり、少しだけ怖いかもしれない。

でも、祖父母宅に帰る道がわからないのだから引き返すのも不安だ。他《ほか》に、建物は見当たらないし……歩き疲《つか》れて、へとへとだ。

「誰《だれ》か……いるかな」

わざと声に出して独り言を零《こぼ》した乃依流は、心細さを誤魔化《ごまか》すようにスケッチブックを胸元《むなもと》にギュッと抱《かか》えて石畳《いしだたみ》を歩き、霧に包まれた建物へ近づいた。

誰か住んでいるのなら、帰り道を聞こう。少し休ませてもらえば疲れも取れて、森を出ることができる。

そう思い、ハッキリと見えない建物に向かって歩いた乃依流は、全貌《ぜんぼう》が明らかになったところで足を止めた。

「すごい。……大きい。本物の、お城だ」

映画に出てくるような、まさに『城』としか呼べないものが聳《そび》えていたのだ。

どうしよう。やっぱり引き返したほうがいい？

来た道をチラリと振《ふ》り向いた直後、ポツポツと小雨が降り始めた。

まだ本格的に降っているわけではないが、冷たい雨だ。そして、雨をしのぐことができる城の入り口は、すぐそこにある。

「ちょっとだけ。雨宿りさせてもらうだけ」

言い訳を口にして、巨大《きょだい》な城へ駆け寄った。石段を上がった所の入り口部分にある大きな木の扉《とびら》は、ピッタリと閉じている。

森の奥には、『フェンリル』という狼の姿をした魔物の王様が住んでいるお城がある、とか。

迷い込むと、丸のみされる恐ろしい王様だ……とか。

静かに語った祖母の声が、頭の中をぐるぐると駆け巡《めぐ》る。

狼の姿って、どんなものだろう。お隣《となり》の庭にいる犬より、大きい猛獣《もうじゅう》？　それとも、映画で見た狼男のように二本足で立って歩くことのできる半分人間で半分狼の姿だろうか。

「こっ、怖《こわ》くなんか、ない」

雨に濡《ぬ》れないよう、木の扉にピッタリと身体を寄せてしゃがみ込む。

寒い。お腹《なか》が空《す》いた。朝まで、ここで一人きり……？

不安と寒さに小刻みに震《ふる》えていると、身体を預けていた木の扉が動いたような気がした。

ビクッと背中を離《はな》して振り向くと、ギギギ……と重い音を立てて扉が開かれる。

「……っ！」

心臓が、ドクンと大きく脈打った。恐怖《きょうふ》のあまり、身体を硬直《こうちょく》させて声も出ない乃依流の目に、ゆらゆら揺《ゆ》れる小さな火が映る。

蠟燭《ろうそく》の灯《あか》り？

「誰だ。ここでなにをしている？」

「あ……」

男の人の声……蠟燭の光は、ぼんやりとしている。でも、頭からフードを被《かぶ》った背の高い人の顔は、想像していた恐ろしい獣《けもの》ではなかった。蠟燭を立ててある金属の燭台《しょくだい》を持つ手も、人のものだ。

Sketch
Book

狼《おおかみ》の魔物じゃなくて、人間だ！

ホッとした乃依流は、慌《あわ》てて立ち上がった。

「あの、迷子……で、暗くなってきたし雨も降り出して……どうすればいいか、わかんなくなった」

ぽつぽつと話しているうちに、ますます心細さが込み上げてくる。人に逢《あ》えて安堵《あんど》したこともあってか、鼻の奥がツンと痛くなってきた。

泣かない。小さな子どもではないのだから、恥《は》ずかしい。

震えを止めたくて、スケッチブックを抱えた手に力を込める。潤《うる》む目を誤魔化そうと、忙《せわ》しなく瞬《まばた》きをした。

「……仕方ない。夜明けまでここにいろ。夜明けが近づいたら、霧が晴れる前に戻《もど》るんだ」

「うん。あ……」

ありがとうと言いかけたところで、ぐぅ……と腹の虫が鳴いた。男の人にも聞こえてしまったらしく、口元に微笑《びしょう》を浮《う》かべたのがわかる。

「空腹か。食べるものを持って来よう。少し待て。ああ……そこだと寒いだろう。中に入ればいい」

大きく開いた扉の内側に入るよう、促《うなが》される。

「子どもか」

電気の点《つ》いていない暗い城の内部に入るのは、やっぱり少しだけ怖い。でも、城の中を見てみたいという好奇心《こうきしん》も刺激《しげき》される。

それに、屋外にいるのは寒い。雨はしのぐことができても、空気が冷気と湿気《しっけ》をたっぷりと含《ふく》んでいる。

一人じゃなく、この人も一緒《いっしょ》だから大丈夫《だいじょうぶ》なはず。

「お邪魔《じゃま》、します」

意を決した乃依流は、背の高い男の人をチラリと見上げて挨拶《あいさつ》をすると、おずおずと扉の内側に足を踏み入れた。


城に入ってすぐのところにある部屋は、ふかふかの絨毯《じゅうたん》が敷《し》かれている。暖炉《だんろ》やストーブはなくても、暖かい。

コツコツと石の廊下《ろうか》を歩く足音が近づいてきて、入り口に長身が現れた。

「待たせたな。あー……」

男の人が言い澱《よど》む様子に、乃依流は名乗っていなかったことに気づいた。

「っ、えっと、高嶋《たかしま》……じゃなくて、乃依流。乃依流だよ」

この国の人だろうから、名字の高嶋は発音しづらいはずだ。改めてファーストネームを名乗ると、微笑を滲《にじ》ませる。

「ノエルか。いい名だ」

「あの、おじ……お兄さんは？」

蠟燭の照らす顔は、時々家に来る父親の部下という人より若そうで、おじさんではなくお兄さんと呼ぶべきだろうと思い直して訂正《ていせい》する。

乃依流の問いに、男の人は「さぁ……」と曖昧《あいまい》に答えた。

「随分《ずいぶん》と長く、誰にも呼ばれていないからな。ああ、たまに迷い込んでくる人間は、フェンリルと言う。おまえも好きに呼べばいい」

フェンリル……。

乃依流も、この『城』を見上げて祖母から聞かされた『フェンリル王』という魔物を思い浮かべたが、同じことを連想する人は他にもいるようだ。

フードを被っていることと蠟燭の光だけなので顔はハッキリ見えないけれど、普通《ふつう》の人だ。それに、怖い魔物なんかではなく優《やさ》しい。

魔物の名前で呼びかけるのは申し訳ないが、他に名前がないのならそう呼ぶしかないかと、うなずいた。

「子どもの好むものはよくわからんが、ビスケットなら食べられるだろう。葡萄《ぶどう》酒は子どもには飲みづらいだろうから、水で少し薄《うす》めておいた」

差し出された白いお皿には、分厚いビスケットが三つ並んでいる。ビスケットにかけられたとろみのある金色のシロップは、蜂蜜《はちみつ》だろうか。

美味《おい》しそうなビスケットを目にしたことでますます空腹感が増して、乃依流は遠慮《えんりょ》なくお皿を受け取った。

「ありがとう。いただきます」

ビスケットを齧《かじ》ると、サクッとした歯ごたえと同時に蜂蜜の甘みが舌に広がる。お菓子《かし》作りが上手な祖母の焼くスコーンに似ていて、美味しい。

慌てて飲み込もうとしたせいで喉《のど》に詰《つ》まりそうになり、「ゆっくり食べろ」と金属のカップを手渡《てわた》される。

薄めた葡萄酒がどんなものなのか知らなかったけれど、今の乃依流にはこれまで飲んだことのあるジュースの中で一番美味しく感じられた。

一心不乱に貪《むさぼ》り、三つのビスケットをすべて食べ終えると満腹になった。

「ごちそうさまでした。あ……一人で全部食べちゃった。ごめんなさい。フェンリルは、お腹空いてない？」

「俺のことは気にしなくていい。……それは？」

独り占《じ》めしてしまったことを謝る乃依流に、フェンリルは首を左右に振《ふ》って問題ないと答える。

そして、今気づいたかのように、乃依流の脇《わき》に置いてあるスケッチブックを指差した。

「あ、これはスケッチブック。花とか蝶々《ちょうちょう》の絵を描《か》いているうちに、森の奥に入って……迷っちゃった」

真ん中あたりを開いて、森の中で迷うことになったきっかけの花をフェンリルに見せる。淡《あわ》い蠟燭の光でも、乃依流が描いた花の絵はきちんと見えるようだ。

「……ノエルは絵が巧《たく》みだな」

「へへ、ありがと。色鉛筆《いろえんぴつ》を忘れてきたから、色がないけど……あっ、このあたりはきちんと色を塗《ぬ》ってるよ」

褒《ほ》めてくれたことが嬉《うれ》しくて、パラパラと前のほうを捲《めく》る。色のついている絵を、フェンリルは興味深そうに覗《のぞ》き込んだ。

「これは初めて見る花だな。鮮《あざ》やかな赤だ」

「学校の帰り道に咲《さ》いてた、彼岸花だよ。こっちは、コスモス。紅葉《もみじ》に……赤トンボ！　日向《ひなた》ぼっこしていた猫《ねこ》も」

スケッチブックを捲って、日本で描いた絵を披露《ひろう》する。

フェンリルは一つずつ、「綺麗《きれい》だ」とか「猫？　可愛《かわい》いな」と感想を言ってくれるから、乃依流は嬉々《きき》としてしゃべり続けた。

「見事だ。ノエルは絵の才能がある」

フェンリルはスケッチブックに描かれたツバメを指先で軽くなぞり、何度目かわからない褒め言葉を口にする。

褒めてくれるのは嬉しいけれど、何故《なぜ》か同じくらい悲しくなってきた。

スケッチブックを閉じた乃依流は、うつむいてぽつりぽつりと零《こぼ》す。

「おじいちゃんとおばあちゃんは、フェンリルと同じように褒めてくれるけど……お父さんとお母さんは、僕が絵を描いていると、怖《こわ》い顔で勉強しなさいって言うんだ。将来の役に立たないって」

「役に立つかどうかなど、その時にならないとわからないだろう。俺は、ノエルの絵はあたたかくて好きだ」

そろりと頭を撫《な》でられて、胸の奥がぎゅぅっと痛くなった。

スケッチブックを両手で持った乃依流は、フェンリルに差し出す。

「……じゃあ、このスケッチブックはフェンリルにあげる。日本に帰ったら、どうせまたお父さんに捨てられるから、フェンリルがもらってくれたほうがいい」

いらない、と言われたらどうしよう。

そんな乃依流の不安は、大きな手がスケッチブックの隅《すみ》を持ってくれたことで晴れる。

「ありがたくもらおう。ふふ……奪《うば》うことを目的に城に押し掛《か》けてくる人間は数えきれないほどいたが、なにかを置いて行こうとするのはノエルが初めてだな」

「奪う？　お城から？　なにを？」

「なにがあると思う？」

「わかんないけど、僕はフェンリルの大事なものを黙《だま》って持って行ったりしないよ」

「ああ……そうだな。ノエルは、これまでここに来た者たちとは違《ちが》う」

そう言って笑ったフェンリルはなんだか淋《さび》しそうで、乃依流は一生懸命《いっしょうけんめい》「悪いことはしないよ」と繰《く》り返した。

フェンリルはそんな乃依流の頭を撫でて、

「わかった、わかった。信じているから、何度も言わなくていい」

小さな子どもを宥《なだ》めるように、笑う。

子どもじゃない、と抗議《こうぎ》するために隣《となり》を見上げた乃依流は、動きを止めて瞬《まばた》きを繰り返す。

蠟燭《ろうそく》の光が照らすフェンリルの瞳《ひとみ》が、キラキラと輝《かがや》いて綺麗だったせいだ。

「フェンリルの目、綺麗だね。蜂蜜みたい」

「そうか？　俺は、ノエルの黒い瞳のほうが美しいと思うが。夜を吸い込んだかのような、闇《やみ》の色だ。夜は好きではなかったが、ノエルの色だと思えばこれからは少しだけ好きになれそうだ」

フェンリルのように、綺麗な瞳の人に褒めてもらえるほどのものではないと思うが、好きと言ってくれるのは嬉しい。

真っ直《す》ぐな称賛《しょうさん》が照れくさくなった乃依流は、顔を隠《かく》すように膝《ひざ》を抱《かか》えて蹲《うずくま》った。

フェンリルの隣は、あたたかい。お腹《なか》がいっぱいで、不安になるものはなにもなくて……眠《ねむ》くなってきた。

「ノエル？　眠いなら、眠ればいい。夜の魔物《まもの》も夜行性の獣《けもの》も、近づかないよう俺が見張っているから安心しろ」

「ん……」

フェンリルに身体《からだ》をもたせ掛けると、あっという間にとろりとした眠りに落ちていく。

フェンリルの纏《まと》うマントに包まれているのか、ふわふわして、気持ちいい。

お城には、狼《おおかみ》の姿をした恐《おそ》ろしい魔物、『フェンリル王』が……という祖母の声が頭の中に響《ひび》いたけれど、「そんなの嘘《うそ》だ」と言い返してフェンリルのマントをギュッと握《にぎ》った。

夜が明けきらないうちに起こされて、石の橋の所まで送り届けられた。朝になっても霧《きり》は濃《こ》くて、橋の向こうは見えない。

「橋を渡《わた》り、そのまま真っ直ぐ行けばいい。帰りたい場所、逢《あ》いたい人のことを思い浮《う》かべて歩いていると、望む所へ辿《たど》り着くだろう」

乃依流の肩《かた》に両手を置くと、身体を橋のほうに向けられる。フェンリルを振り仰《あお》ぎ、話しかけた。

「うん。ありがとう。あの……また遊びに来てもいい？」

周りは明るくなってきたけれど、頭から被《かぶ》っているフードと霧のせいでフェンリルの顔はハッキリと見えない。

それがもどかしくて回れ右をしようとしても、フェンリルは乃依流の肩から手を離《はな》してくれなかった。

「……霧が晴れる前に行け。橋を渡り終えるまで見守っているから、ノエルは振り向くな。さあ、早く」

「う、うん」

急《せ》かすようにトンと背中を押されて、石の橋に足を踏《ふ》み出す。

また来てもいいかという問いに、答えてくれなかった。もう来るな、という意味？

橋を渡り終えるまで見守っている……って、本当にそこにいる？

二歩、三歩……橋を歩いた乃依流は、コッソリと振り返ろうとした。それを察したのか、フェンリルの声が飛んでくる。

「振り向くなと言っただろう。早く橋を渡れ」

「……っ」

厳しい声に制されて振り向くことを止《や》め、早足で霧に包まれた石の橋を歩く。

フェンリルは、なんて言っていた？　今、乃依流が帰りたい場所は……祖父母の家だ。逢いたいのは、祖父母と姉の花梨。

霧のせいで、橋の長さがわからない。どこまでも続くのでは……とまで思っていた橋は、渡り終えると拍子抜《ひょうしぬ》けするほど短かった。

足元に感じるのは、土と草の感触《かんしょく》だ。

渡り終えたのだからもう振り向いてもいいだろうと、身体の向きを変えた乃依流は、「あれ？」と目を見開く。

たった今、渡り終えたはずなのに……石の橋がない。

ついさっきまで真っ白な霧に包まれていたのに、ハッキリとした視界に映るのは乃依流を囲む緑の木々ばかりだ。

どうして……？　少し前までフェンリルの声が聞こえていたのに、影《かげ》も形もない。

呆然《ぼうぜん》と立ち尽《つ》くしている乃依流の耳に、人の声が聞こえてきた。

「おーい、ノエル！　聞こえたら返事をしてくれ！」

「どこにいる、ノエル！　ノエルー！　おじいちゃんだよ！　ノエル！」

乃依流を呼ぶ、たくさんの人の声。祖父の声も聞こえる。返事をしなければ、と思うのに声が出ない。足も動かない。

ガサガサと草を掻《か》き分ける音が近づいて来て、突然《とつぜん》目の前に大勢の大人が現れた。

「おおっ、いたぞ！　ノエルだな」

「無事かっ？」

「よかった、よかった。マッティ！　こっちだ」

次々に話しかけられ、そのうちの一人に抱《だ》き上げられる。呼びかけられた祖父が駆《か》け寄ってきて、知らない人に抱かれていた乃依流を抱き取った。

グイグイと顔を押しつけながら、泣きそうな声で「ノエル」と名前を呼ばれる。

「無事でよかった。日が暮れても帰ってこないし、森の奥に迷い込んだかと……心配したじゃないか。おばあちゃんも、寝《ね》ずに待っている。暖炉《だんろ》を灯《とも》して温かいスープを用意してくれているはずだから、早く家に帰ろう」

「う……ん。ごめんなさい。ごめ……っなさ、おじいちゃ……」

祖父の首に手を回して、ギュッと抱きつく。

ごめんなさいと謝っていると、何故か鼻の奥がツンと痛くなって……泣くつもりなどなかったのに、涙《なみだ》が出てきた。

安心した途端《とたん》、気が抜けたのか急激に寒さを感じる。

「他《ほか》の皆《みんな》にも、無事に見つかったと連絡《れんらく》して」

「ああ、川を見に行ったのは何人だったか、電話を……」

「しかし、どこにいたんだろうな。運よく猟師《りょうし》小屋を見つけたか？」

周囲の大人たちの声が、徐々《じょじょ》に遠ざかる。

きちんと、話さなければ。フェンリルのお城を見つけて、朝まで過ごさせてもらったと……

フェンリルはすごく優《やさ》しくて、怖《こわ》い狼の魔物なんかではなかったと。

本当のことを伝えなければならないのに、今はすごく眠くて目を開けていられない。

「おじいちゃ……ん」

「うん？　もう大丈夫《だいじょうぶ》だからな」

もう八歳なのだから重いはずなのに、乃依流を抱いたまま歩く祖父に、ポンポンと背中を叩《たた》かれる。

もっといろいろ話したいのに、舌が重い。後で……いいか。

祖父に身体を預けた乃依流は、全身の力を抜いて目を閉じた。

綺麗《きれい》な、蜂蜜《はちみつ》色の瞳をした『フェンリル』を思い浮かべながら……。

《一》

巨大《きょだい》な針葉樹が立ち並ぶ風景は、ほとんど変わらない。

十年の経過で自分は成長したけれど、長い時間をかけて育つ森にとっては、大した時の流れではないのかもしれない。

「猟師小屋で眠っていて夢でも見たんだろう、って言われたんだよな。八歳のガキだし、空想だって決めつけられて……」

歩くスピードを緩《ゆる》めて周囲を見回した乃依流は、大木に囲まれた小道を先へと進みながら独り言を零《こぼ》す。

フィンランドに住む祖父母の家に遊びに来ていた、八歳の頃《ころ》。この森で迷子になったことと早朝の森の中で保護された時のことは、鮮明《せんめい》に憶《おぼ》えている。

そうかと思えば、大人たちに「運良く見つけた猟師小屋で夜を過ごしたから無事だった」と言われた夜の記憶《きおく》は不確かだ。

正確には、乃依流にとっては現実でも周りに「夢だ」と否定され続けたせいで、記憶に自信がなくなってしまった。

「湖の中にあるめちゃくちゃ大きな古城で、背の高いお兄さんにビスケットを食べさせてもらった……って話しても、そんな城は森の中にないとか言われたし。ばあちゃんだけがきちんと話を聞いてくれて、ノエルは時間の隙間《すきま》に落ちて不思議な体験をしたのかもしれないね……って、うなずいてくれたんだよな」

迷い込んだ古城で過ごした夜の話を笑わず聞いてくれた大人は、『フェンリル王』の話を聞かせてくれた祖母だけだった。

一晩を過ごした城のことも、『フェンリル』と呼びかけた背の高い男の人のことも、今となっては夢か現《うつつ》か曖昧《あいまい》だ。ただ、夜の古城など不気味なもののはずなのに、怖いという印象はまったくないのが自分でも不思議だった。

大人たちに言われたように、空想だから怖くないのだろうか。

古城と『フェンリル』の記憶があるから、森で迷子になって一夜を過ごしたことも嫌《いや》な思い出ではないのに、すべてを空想で片付けられるのは納得《なっとく》できない。

「フェンリル王の呪《のろ》われた古城に、囚《とら》われる……か。それも、いいかもな」

右手にスケッチブックを持ち、左手にペンや水彩色鉛筆《すいさいいろえんぴつ》の入ったケースをギュッと握《にぎ》って、ため息をつく。

迷子になった八歳の時とは違《ちが》い、完全な現実逃避《とうひ》だ。

そう自覚しているけれど、今の乃依流はそこが魔物《まもの》の住む『フェンリル王の城』であっても、逃《に》げ込んでしまいたかった。

「有無《うむ》を言わさず、日本に連れ戻《もど》されるくらいなら……」

ギュッと唇《くちびる》を噛《か》み、足元に視線を落としてただひたすら森の奥を目指す。

逃げ隠《かく》れしたところで、なに一つ問題が解決するわけではない。

でも、今は……頭ごなしの叱責《しっせき》と、乃依流のすべてを否定する父親の言葉を聞きたくなかった。

特に目的地を定めることなく、ただひたすら森の奥へ。

疲《つか》れも忘れて歩き続けているうちに、視界に映る足元の小道が草に覆《おお》われていることに気づいて立ち止まった。

分岐《ぶんき》のない一本道のはずなのに、いつ道を外れたのだろう。

もともと一人分の幅《はば》しかない獣道《けものみち》のようなものだったが、それなりに整備された砂利《じゃり》の小道を歩いていたはずだ。けれど、今いるここは完全な獣道……いや、もう『道』と呼べる状態ではない。

しかも、足元ばかり見ていたせいで気づかなかったが、いつの間にか視界がぼんやりしている。

「日暮れが近いのか？」

頭上を仰《あお》いでも、大木から張り出した木の枝が空を隠している。日が落ちかけているのか、天気が下り坂のせいで暗く感じるだけなのか、よくわからない。

父親がこちらへ向かっていると聞いて慌《あわ》てて祖父母の家を出たせいで、スマートフォンを置いてきたから時間もわからないし、道を見失ったと助けを呼ぶこともできない。

森に迷い込んで、行方《ゆくえ》不明……とか、ますます父親を激怒《げきど》させるだろう。

「もう、どうでもいいか」

父親の顔を思い浮《う》かべた途端なにもかもどうでもよくなり、投げやりに吐《は》き捨てて歩みを再開させた。

帰り道がわからないなら、進めばいい。森の中にはあちこちに猟師小屋があるようなので、どこかの小屋に行き着く可能性に賭《か》けよう。

もし本当に『フェンリル王』の城があるのなら、そこに囚われるのもいいかもしれない。

こんな現実よりも、そのほうが……と子どもの頃に見た『城』を思い浮かべながら、肌寒《はださむ》さを振《ふ》り払《はら》うようにひたすら歩く。

暗く感じたのは、霧《きり》が出てきたことも理由の一つのようだ。先に進むにつれ、視野が白く霞《かす》んでいく。

遭難《そうなん》という二文字が脳裏《のうり》に浮かんだけれど、さほど危機感が込み上げるでもなく森の中を彷徨《さまよ》った。

そうして、どれくらい時間が過ぎたのか……草を踏《ふ》み、立ち並ぶ木々のあいだを縫《ぬ》うように歩いていた乃依流の視界が、突如《とつじょ》開けた。

「サイズ的に、池じゃないな。川か、湖？　と、橋……」

霧のせいで水面はハッキリ見えないけれど、水の流れる音と匂《にお》いがする。石造りの橋は、真っ白な霧の中へ続いているみたいだった。

その先になにがあるのかは、白い霧に覆われているせいでわからない。

「立派な橋があるってことは、人の往来があるってことだ。無人だとしても、一つ二つは建物がありそうかな」

なにもないところに、これほど立派な橋は架《か》けないだろう。

ただし、懸念《けねん》が一つ。見た目は頑丈《がんじょう》そうでも、ずいぶんと年季の入った雰囲気《ふんいき》だ。

コクンと喉《のど》を鳴らした乃依流は、端《はし》に片足を乗せるとトントンと足踏みをして強度を確かめる。

揺《ゆ》れることも異音もないことを確認《かくにん》すると、今度は両足で乗って軽く飛び跳《は》ねてみた。

「大丈夫そうだな」

少なくとも、普通《ふつう》に歩いているだけで崩《くず》れる心配はなさそうだ。

渡《わた》ることを決めた乃依流は、小さく息をついて石橋を歩き始める。白い霧のせいで見通しは悪く、どれくらいの長さがあるか見当もつかなかった。

霧に包まれた、石の橋。

この橋を知っている気がする。同じように、先の見えない不安を抱《かか》えながら歩いたことがあると感じる。

きょろきょろと周りを見回しても、霧に包まれた周囲の様子を探《さぐ》ることはできない。

体感では、石橋の長さは二十メートルほどだっただろうか。対岸か島かは明らかではないが、

「結構、短いのか」

橋を渡り切ったことはわかった。

立ち止まった乃依流は、足元に目を凝《こ》らして観察する。

「石畳《いしだたみ》の小道……の先に、建物がありそう」

橋と同じ幅の石畳の小道があり、霧の中にぼんやりとした建物のシルエットが浮かんで見えた。

張り詰《つ》めていた神経が、ほんの少し緩む。

「あそこで休ませてもらうか。無人でも、軒先《のきさき》を借りれたらいいし」

そうしよう、と独り言《ご》ちてうなずくと歩みを再開させた。

視界の悪さは、霧だけが原因ではない。間もなく完全に日が落ちる。誰《だれ》でも利用できる猟師《りょうし》小屋か納屋《なや》のようなものがあれば、一番ありがたい。

そんな期待をして石畳の小道を歩いていた乃依流だったけれど、不明瞭《ふめいりょう》だった建物に近づくにつれ足の運びが遅《おそ》くなる。入り口らしきところまで辿《たど》り着くと、石段を上がった所にある木

製の扉《とびら》を見上げて目を見開いた。

「なんだこれ、城……だよな？」

テーマパークのようにライトアップされているわけではないし、霧が全体を覆っていることもあって全体像は摑《つか》めない。

でも、少なくとも乃依流の目に映る範囲《はんい》からは、『城』としか言いようのない壮大《そうだい》な建造物だった。

「オラヴィリンナ……じゃない、よな。歩いて行ける距離《きょり》じゃないし、あそこみたいに手入れがされている雰囲気じゃない」

フィンランドにある古城だと、ゲームに出てくる城のモデルとされているオラヴィ城が有名だ。

ドイツのノイシュバンシュタイン城のような優美な城ではなく、もともと要塞《ようさい》だったこともあって無骨な造りだけれど、乃依流は湖に浮かぶ堅牢《けんろう》な城が好きだった。十年ぶりにフィンランドに来て、真っ先に訪《おとず》れたくらいだ。

同じように水に囲まれた城でも、現在は観光客を受け入れているオラヴィ城とここでは流れる空気が異なる。

「ばあちゃんから聞いた、おとぎ話……」

子どもの頃《ころ》に聞いた『フェンリル王』の城の話を、改めて思い出す。

城を前にした乃依流の胸に込み上げてきたのは、石の橋を渡っている時にも感じていた、『いつかどこかで見たことがある』懐《なつ》かしいような思いだ。

十年前、森で迷子になった乃依流が迷い込み、一晩を過ごした『城』は……やはり、空想の産物ではなかった？

もしそうなら、この『城』にも誰かが住んでいるのだろうか。いや、あの時の『城』に住んでいた『フェンリル』は祖母の言う魔物などではなく、迷子だった乃依流を保護してくれた親切な人で……でも、それなら大人たちは、どうして森の中に『城』など存在しないと怪訝《けげん》な顔をしたのだろう。

なにか、事情があって……子どもだった乃依流には言えないから、『ないもの』とされていたとか？

あやふやだった記憶《きおく》を辿りながら、木製の扉に取り付けられた金属の取っ手にそっと指を伸《の》ばす。

錆《さ》びているかと思っていたが、さほどくたびれた感じではない。指先に力を込めて引っ張ってみると、ギギッという音を立てて呆気《あっけ》なく開く。

しばらく様子を窺《うかが》ったけれど、建物に人の気配はなかった。

「無人……か？　それにしても、不用心だな」

鍵《かぎ》を掛《か》けずに放置しているということは、管理している人がいないのだろうか。貴重品などは既《すで》に持ち出されていて、侵入者《しんにゅう》を警戒《けいかい》する必要がないのかもしれないが、あまりにも無防備だ。

「建物自体に価値がありそうなんだけど、いいのかなぁ」

小さく零《こぼ》した乃依流は、恐《おそ》る恐る建物の内部を覗《のぞ》き込んだ。真っ暗で、なにも見えない。外気と変わらない、ひんやりとした空気が漂《ただよ》っている。

「外より、マシか」

入り口のところで休ませてもらおうと決めて、小声で「お邪魔《じゃま》します」と口にした。足元が見えないので、慎重《しんちょう》に一歩踏み出したつもりだけれど……。

「ッ、ぅわ!」

なにかに躓《つまず》いたと思った次の瞬間《しゅんかん》には、派手に転んでいた。

手に持っていたスケッチブックとペンケースを放り投げてしまったらしく、カツン、バサッと少し離《はな》れたところから音がする。

両手をついて座り込んだ石の床《ゆか》からは、ひやりと冷気が伝わってくる。

「どうなってんだろ。全然、見えない。……ッ!」

変な転び方をしてしまったらしく、立ち上がろうとした瞬間、右足首にズキンと鋭《するど》い痛みが走った。

息を詰めて動きを止めた乃依流は、ドクドクと忙《せわ》しない動悸《どうき》を感じながら深呼吸をする。

真っ暗で、身動きが取れなくて……右足が痛い。落ち着けと自分に言い聞かせても、不安がどんどん膨《ふく》らんでいく。

「つーか、おれ……馬鹿《ばか》だな」

なにをしても、上手《うま》くいかない時というものはあるに違《ちが》いない。

自己嫌悪《けんお》のあまり、肩《かた》を落として床に座り直した。右足首はズキズキ疼《うず》くけれど、無理に動こうとしなければ痛みが酷《ひど》くなることはなさそうだ。

暗闇《くらやみ》の中で蹲《うずくま》ることしかできない。半ば強制的に思考が内向きになり、この数ヶ月を振《ふ》り返ることとなる。

いずれは父親の経営する輸入関係の会社に入るのだから、学ぶのは経営と経済だと決めつけられた。これ以外の大学に進学するなら学費は一円も出さないと父親から指示された大学と学部は、絵画を学びたいと思っていた乃依流の希望分野とはかけ離れたものばかりだった。

聞く耳など一切《いっさい》持っていない父親に反抗《はんこう》する気力もなく、うなずくだけの乃依流を、父親に逆らえない母親は悲しそうな目で見ていた。

「美術系なんてそんなに簡単なものじゃないってわかってるけど、一度くらいは挑戦《ちょうせん》させてもらいたかったなぁ」

もともと、平均的な成績だ。進んで学習するわけではないせいで、受験直前になっても成績は伸びずに合格判定には程遠《ほどとお》く……予想していた通りすべて不合格になり、外聞が悪いと叱責《しっせき》された。

箔《はく》をつけるためにも海外へ留学しろと、乃依流本人の意思を無視して勝手に話を進められて、一年間イギリスへ留学することになった。

母親は高圧的な父親になにも言えず、「庇《かば》ってあげられなくてごめんなさい」と泣くばかりで、自分のせいで悲しませていると申し訳ない気分になった。

子どもの頃から抑制《よくせい》されて、反発する気力を失いかけていた乃依流は、このままでは一生父親の手に繋《つな》がれた鎖《くさり》から逃《に》げられなくなると……なけなしの力を振り絞《しぼ》り、初めての反逆を試みた。

協力者は、既に父親の会社に勤務している姉の花梨とフィンランドに住む祖父母だ。七つ上の姉は、乃依流に「いい子じゃなくてもいい。一度くらい反抗しなさい」と発破をかけて父親を誤魔化《ごまか》し、資金援助《えんじょ》までしてくれた。

コッソリと準備を進め、父親の決めたイギリスへ留学するふりをしてフィンランドの祖父母宅へと身を寄せたのは、十日前だ。

フィンランドでの生活は、久々に穏《おだ》やかで楽しいと感じるものだった。祖父母は深く事情を聞くことなく、十年ぶりに逢《あ》った乃依流を「ゆっくりしたらいい」と受け入れてくれて、暖かなベッドと美味《おい》しい食事を用意してくれた。

天気のいい日はスケッチブックを持って出かけ、気ままに絵を描《か》く。

ゆったりとした時間の流れる日々は、すり減っていた感情を少しずつ修復してくれて……疲《つか》れ切っていた乃依流に、ぎこちないながら笑うことを思い出させてくれた。

なにより、父親の目を気にすることなく寝食《しんしょく》ができるだけで平和と感じた。

「いつまでも誤魔化せるとは、思ってなかったけどなぁ」

乃依流が、予定していたイギリスに到着《とうちゃく》していないと父親に知られるのは、予想より早かった。

激怒《げきど》した父親が、北欧《ほくおう》での商談ついでに乃依流を連れ戻《もど》しに来ると知り、衝動《しょうどう》的に祖父母宅を飛び出して森に逃げ込んでしまったのだ。

意図して迷うつもりではなかった。けれど、もっと早くに引き返すことができたのに、振り返ることもなく奥へと歩き続けたことは事実だ。

商談は口実で、きっと朝には父親が祖父母宅へとやって来る。

「おれがいないことで、じいちゃんとばあちゃんが変に責められなかったらいいけど」

幸いというべきか、家族には高圧的でも外面《そとづら》のいい人だから、義理の関係である祖父母を感情的に責めることはないはずだ。

重苦しいため息をついた乃依流の耳に、どこからともなくカッカッという硬《かた》い音が聞こえてきた。

なんだろうと耳を澄《す》ませていると、規則的な音は廊下《ろうか》の奥からこちらへ近づいている。

石の廊下を歩く、靴音《くつおと》のような……？

息を潜《ひそ》めて様子を窺う乃依流の目に、暗闇に浮《う》かぶ小さな火が映った。

古城を彷徨《さまよ》う幽霊《ゆうれい》か……魔物？

恐怖《きょうふ》のあまり、声も出ない。逃げ出すことはもちろん、身動《みじろ》ぎもできず、膝《ひざ》を抱《かか》える手に力を込める。

耳の奥で響《ひび》く鼓動《こどう》が、やけに大きい。ドンドンと太鼓を鳴らされているみたいだ。

硬い音と揺《ゆ》れる炎《ほのお》が近づいてくるにつれ、燭台《しょくだい》を手にした人の姿が見て取れた。ただ、フードを頭から被《かぶ》っているので、年齢《ねんれい》も男女の別もわからない。

乃依流のすぐ傍《そば》で立ち止まり、短く口を開く。

「ここでなにをしている？」

「あ……」

燭台を向けられ、蠟燭の光に照らされる。小さな火でも暗闇に慣れていた乃依流には眩《まぶ》しくて、目元に手を翳《かざ》した。

ボイスチャットを利用して月に数回交流している祖父母と、父がいない時は母国語で会話をしている母親のおかげで、フィンランドの言葉はわかる。それに、足があるし……燭台を持っているのだから、幽霊や魔物ではなく人間だ。

声や背格好からして、若い男の人のようだった。

恐怖による硬直《こうちょく》が解けたと同時に、自分こそ無断で建物に入り込んだ不審《ふしん》人物ではないかと、焦《あせ》りが込み上げてくる。

「あのっ、おれ……人が住んでいると知らなくて、勝手に入ってごめんなさい。森で迷子になって、うろうろしているうちにここに辿《たど》り着きました。扉《とびら》に鍵がかかっていなかったから、入り口のところで朝まで休ませてもらおうと思っただけなんです」

不法侵入者ではないと懸命《けんめい》に説明していた乃依流は、あれ？　と既視感《きしかん》に首を傾《かし》げた。似た状況《じょうきょう》で、同じような言葉を口にしたことがあるような……？

咄嗟《とっさ》に立ち上がりかけ、右足首から広がった痛みに身体《からだ》を強張《こわば》らせた。

「い……ッ」

「怪我《けが》をしているのか」

乃依流の様子でどこか痛めていることに気づいたのか、抑揚《よくよう》のあまりない低い声が尋《たず》ねてくる。

「ちょっと、足を捻《ひね》っただけ……ですけど、今すぐ動けそうにないので、少しだけ休ませてもらえるとありがたいです」

「……ここは冷える。これを持て」

「はい」

燭台を手渡《てわた》されて、反射的に受け取る。その人がスッと乃依流の前に屈《かが》み込んだ直後、両腕《りょううで》に抱《だ》き上げられていた。

「えっ、なっ……なに」

「暴れるな。落ちるぞ」

淡々《たんたん》とした声に動かないよう窘《たしな》められ、ピタリと身体の動きを止める。どうすればいいのか混乱した乃依流は、唇《くちびる》を引き結んで燭台を持つ手にギュッと力を込めた。

蠟燭《ろうそく》の光のおかげで、彼の容貌《ようぼう》がハッキリと見える。やはり、若い男の人だ。

熟練の職人が丁寧《ていねい》に作り上げた人形を思わせる端整《たんせい》な顔立ちは、城というシチュエーションのせいか若き王のような威厳《いげん》と品格を感じる。瞳《ひとみ》が蜂蜜《はちみつ》色に見えるのは蠟燭の灯《あか》りのせいではなく、もとから淡《あわ》い色なのだろう。

その瞳を目にした途端《とたん》、ぼんやりとしていた記憶《きおく》が一部鮮明《せんめい》になる。

十年前、同じように森で迷子になって迷い込んだ古城で逢ったのも、背の高い綺麗《きれい》な瞳の男の人だった。

「……フェンリル？」

小さく零《こぼ》した名前は、祖母の言う『古城に住む魔物』のものではなく、八歳だった乃依流に優《やさ》しくしてくれた人物のものだ。

つぶやきが聞こえなかったのか、男の人は無反応で歩き続ける。

あの時の『フェンリル』と同一人物かと頭に浮かんだ疑問を、呼びかけを黙殺《もくさつ》されたことで

「まさか」と打ち消した。

あれから、十年が経《た》っている。乃依流は十八歳になった。若いお兄さんだった『フェンリル』が、記憶の姿そのままのわけがない。

違《ちが》う……と心の中で否定しても、見上げた彼の顔から目を逸《そ》らすことができなかった。

乃依流の視線を感じていないわけがないのに、男の人は真っ直《す》ぐに前を見て歩き続ける。蠟燭の灯りが届かない足元は、見えないはずだ。その上、乃依流という大荷物を抱えていても、足取りに危なげはない。

コツコツと足音を立てて廊下を進み、扉の開いている一室に入った。

抱えていた乃依流を、大きな窓の傍に設《しつら》えられている寝台《しんだい》に下ろし、サイドテーブルに燭台を置いた。

「腹に入れるものを持って来よう」

「えっ、待っ……ぁ！」

身体の向きを変えた男の人に咄嗟に手を伸《の》ばして、マントの端《はし》を摑《つか》む。

乃依流が意図せず引っ張ったことでマントの端が捲《めく》れ上がり、これまでマントの下に隠《かく》れていた身体がチラリと覗《のぞ》いた。

蠟燭の淡い灯りが映し出したのは、瞳の色とよく似た淡い色の髪《かみ》……と。

「耳……尻尾《しっぽ》？」

寝台に腰《こし》かけた乃依流は、呆然《ぼうぜん》とつぶやいた。

金茶色の髪が意外だったわけではない。それと同じ色の毛に覆《おお》われた、人のものではない耳が……一瞬《いっしゅん》だけ見えたような？

少し前まで隣家《りんか》で飼われていた、シェパードの耳に似ているものだ。それに加えて、尻尾の先としか思えない形状の毛の塊《かたまり》も視界の端を過《よぎ》った。

言葉を失って動揺《どうよう》に目を泳がせた乃依流に彼はなにも答えず、乱れたマントをサッと直して部屋を出て行く。

「え……っと」

今、自分は何を見た？

イタズラ？　侵入者《しんにゅう》を驚《おどろ》かせようと、精巧《せいこう》な作り物を装着している……とか？

そもそも、『獣《けもの》の耳』と『尻尾』が見えた気がするけれど、錯覚《さっかく》だったのかもしれない。マントの隙間《すきま》から一瞬だけ覗いたものであり、影《かげ》を別のものに見誤ってしまった可能性もある。

「狼《おおかみ》の姿をした魔物が……とか、ばあちゃんから聞いてたせいか」

祖母から聞かされた『フェンリル王』の話と、この古城のロケーションがやけに合致《がっち》しているせいで、変な錯覚が生じたに違いない。

はぁ……と大きく息をついた乃依流は、腰かけていたベッドに身体を投げ出して蠟燭の光が照らす豪奢《ごうしゃ》な寝台の天幕を見上げる。

淡い灯りは時おりゆらゆらと揺れ、影も形を変える。

「やっぱり、影……目の錯覚だろうな」

電気が通っていないのか……レトロな雰囲気《ふんいき》を出すために、わざわざ電灯ではなく蠟燭を使用しているのかもしれない。

人工的な電気のものではない蠟燭の灯りは、なんとなく暖炉《だんろ》の火にも通ずる温かさを感じて、心地《ここち》いい。

ベッドに横たえた身体が、やけに重い。腕を持ち上げるのも億劫《おっくう》だ。どうやら、自覚していたよりもずっと疲《つか》れていたらしい。

目を閉じると、一気に全身の力が抜《ぬ》ける。

図々《ずうずう》しい……というか、自分はこんなに神経が図太かっただろうかと眉《まゆ》を震《ふる》わせたのを最後に、スッと意識が落ちて行った。

微睡《まどろ》みからほんの少し浮かび上がった時、「ノエル」と誰《だれ》かに呼ばれて髪に触《ふ》れられたように感じたけれど……ぼんやりとした頭では、夢か現実かよくわからなかった。

《二》

チチチ……と、耳に馴染《なじ》みのある小鳥の囀《さえず》りに眠《ねむ》りから引き戻《もど》された。

「眩《まぶ》し……って、ここは……」

カーテンを閉め忘れて眠ったのか、薄《うす》く開いた目に飛び込んできた太陽光が眩しい。乃依流は数回瞬《まばた》きをして、見覚えのない天井《てんじょう》に眉を顰《ひそ》めた。

「天井っていうより、天蓋《てんがい》？　やたらとデカいベッドだな」

自室のものはもちろん、祖父母宅のベッドにも天蓋などない。それに、両手を広げても有り余る大きさだ。

眠りから覚め切らないまま巨大《きょだい》なベッドで何度か寝返《ねがえ》りをしているうちに、寝惚《ねぼ》けていた頭がクリアになった。

「そうだ。古城……？」

ガバッと上半身を起こして、室内を見回す。

乃依流がいる天蓋付きの豪奢なベッドは、窓際《まどぎわ》に置かれている。床《ゆか》には、見事な織りの絨毯《じゅうたん》が敷《し》かれていた。

サイドテーブルの上の銀色の燭台《しょくだい》には、燃え切った後にセットされたのか真新しい蠟燭が三本刺《さ》さっている。

「あ、これ……おれの？」

燭台の脇《わき》には、躓《つまず》いた拍子《ひょうし》に投げ捨ててしまった乃依流のスケッチブックとペンケースが並べられていた。

その隣《となり》には、籠《かご》に盛られたパンと金属のカップに注がれた……色からして、ワインか？

石の廊下《ろうか》に落としたせいか、角の凹《へこ》んだスケッチブックに手を伸ばしてパラパラと捲ってみる。

「傷はついてるけど、やっぱりおれのスケッチブックだ」

森の中で描《か》いた絵からしても、乃依流のものに間違いない。わざわざ拾って、持ってきてくれたらしい。

スケッチブックを閉じて、きょろきょろと視線を巡《めぐ》らせる。室内に昨夜の男の人の姿はなく、耳を澄《す》ましても近くにいる気配は感じなかった。

「めちゃくちゃ神経が図太いと思われただろうな」

無断で建物に入り込み、部屋まで運んでもらっておいて……寝落ちだ。眠り込む乃依流を目にした彼は、さぞ呆《あき》れたに違いない。

顔を合わせたら、一番にお礼を……と思った瞬間、小さく腹の虫が鳴いた。

そういえば、昨夜から……いや、父親が来ると聞いて祖父母宅を飛び出したのは昼過ぎなので、昼食を最後になにも食べていない。

空腹を意識した途端《とたん》、ますます飢餓感《きがかん》が増した。籠に盛られた美味《おい》しそうなパンから、目を離《はな》せなくなる。

「ここにあるってことは、食べてもいいんだよな」

そろりと籠に手を伸ばして、パンを一つ摑んだ。柔《やわ》らかなパンに指が沈《しず》む。

もう一度廊下を窺《うかが》ったけれど、人の気配はない。お礼は、後で纏《まと》めて……と思いながら「いただきます」とつぶやいて、パンを齧《かじ》った。

「……美味しい」

味付けのないプレーンなパンなのに、ジャムをつけたりチーズを挟《はさ》んだりするより美味しく感じる。

夢中でパンを食べていると、水分のないパンが喉《のど》に詰《つ》まりそうになってしまい、慌《あわ》ててカップに手を伸ばした。

やはり、ワインだ。でも、祖父母宅で飲んだものよりアルコール度数が低いのか、葡萄《ぶどう》の味が濃《こ》くて飲みやすい。

腹を満たして、ふぅと大きく息をついた。窓の外に目を向けると、煌々《こうこう》とした陽射《ひざ》しが緑たっぷりの庭に降り注いでいる。

「朝の陽射しじゃないよな。昼……過ぎてるのかも」

乃依流から見えるところに、時計はない。太陽の角度と陽射しの強さから推測するしかないが、午前中とは言えない時間だろう。

空になった籠とカップを手にして、ベッドから足を下ろし……「イテテ」と鈍《にぶ》い痛みに顔を歪《ゆが》めた。

「あ……手当て、してくれてる」

見下ろした足首には、白い布が巻きつけられている。

乃依流が眠っているあいだに、男の人は痛めた足の手当てまでしてくれたようだ。お礼を言わなければならないことが、また一つ増えた。

「思ってたより痛い、かも」

一歩、二歩……と歩いたところで立ち止まり、眉を顰めた。軽く捻《ひね》っただけだと思っていたが、普通《ふつう》に歩こうとしたら痛い。

できる限り右足に体重をかけないようにそろりそろりと足を運び、廊下に出た。

昼間でも、陽の光が入らない奥のほうは薄暗い。どちらに行けばいいのか迷い、とりあえず明るいほうへ向かってみた。

「えーと……あの人の名前、聞いておくんだった」

呼びかけようにも、家主の名前がわからないのではどうしようもない。仕方ないので、「すみませーん」と声を出して、耳を澄ませる。

返答はない。物音一つ聞こえない。

勝手にうろつくのは悪いかと少し迷ったけれど、廊下を歩いて誰かと遭遇《そうぐう》するのを期待した。

「出かけてるのかな」

しばらくうろうろしても誰にも出逢《であ》わないし、建物内に人の気配は皆無《かいむ》だ。小さく息をついた乃依流は、しばらく待ってもう一度あの青年を捜《さが》そうと、廊下を引き返した。

少し歩いただけなのに、右足首がズキズキと痛む。今は、長く歩くことも階段を上ることもできなそうだ。

先ほどまでいた部屋に戻り、サイドテーブルに籠とカップを置く。ベッドに腰《こし》かけてスケッチブックとペンケースを取り上げると、膝《ひざ》に載《の》せた。

「紙と鉛筆《えんぴつ》さえあれば、待つのも苦痛じゃないし」

レトロゴシックなベッドや絨毯の敷かれたこの部屋も、窓から見える庭も綺麗《きれい》だ。絵を描いていれば、時間を持て余すことはない。

よし、とペンケースから鉛筆を取り出して、スケッチブックに向かった。

「なんか、暗い？」

無心で色鉛筆を走らせていた乃依流だが、手元に落ちる影《かげ》が濃くなっていることに気づいて顔を上げた。

いつの間にか、夕暮れ時だ。目を向けた窓の外はすっかりと日が落ちて、空がラベンダー色に染まっている。

家主は、まだ外出から戻っていないのか……と色鉛筆をスケッチブックに転がしたところで、コツコツと石の廊下を歩く靴音《くつおと》が聞こえてきた。

ゆっくりとした足音は、この部屋に近づいている。

息を詰めた乃依流が戸口を見詰めていると、ぼんやりと明るくなり……黒いマントを身に着けた長身が姿を現した。

明かりの正体は、彼が手に持っている燭台の光のようだ。

「あ……」

乃依流はどう話しかければいいのか迷い、なにも言えずに口を噤《つぐ》む。

ゆっくりと近づいて来てベッドサイドで足を止めた彼は、乃依流を見下ろして低く口を開いた。

「まだいたのか」

ゆらゆらと揺《ゆ》れる蠟燭《ろうそく》の光が、フードの下の容貌《ようぼう》をぼんやりと照らしている。

日暮れ直後で窓の外がまだ薄《う》っすらと明るいせいもあってか、昨夜よりハッキリと彼の顔が見て取れた。

「足が痛くて、ほとんど動けなくて……。あ、パンとワインをいただきました。ご馳走《ちそう》さまでした。それに、足の手当てまでしてくださって……」

あれもこれもお礼を言わなければと焦《あせ》るあまり、矢継《やつ》ぎ早に口にしてしまった。落ち着きのなさに呆れたか？　と無反応の彼を見上げる。

「あの、本当に、いろいろとありがとうございました」

淡《あわ》い色の瞳《ひとみ》を見上げながら、改めてお礼を告げる。

彼はしばらく無言で乃依流を見ていたが、かすかな笑《え》みを浮《う》かべた？

乃依流は目をしばたたかせたけれど、

「変わった人間だな」

笑ったように見えたのは、気のせいだったのかもしれない。短く返してきた声は、感情を窺えない淡々《たんたん》としたものだった。

謝礼を口にしたことを変わっていると評されて、わずかに首を傾《かし》げる。

「どうして？　迷い込んで困っていたところを助けてくれたんだから、お礼を言うのは当然です。食べ物とベッドの提供だけじゃなくて、怪我《けが》の手当てまでしてもらったし」

乃依流の言葉に、彼は声のトーンを落として不機嫌《ふきげん》そうに返してくる。

「迷い込んできた人間は、おまえが初めてではない。魔物《まもの》の住む城だと口にして、皆《みな》が俺を見ると悲鳴を上げる。おまえも、逃《に》げたほうがいいのではないか」

そんな台詞《せりふ》で怖《こわ》がらせようとしているのかもしれないが、乃依流は微塵《みじん》も怖いと思わなかった。

抑揚《よくよう》のあまりない口調は、乃依流を脅《おど》しているというよりも、他人事《ひとごと》を話して聞かせているように感じたせいかもしれない。

どうしてそんな言い方をするのか、真意が読めなくてどう反応すればいいのか迷う。でも、一つだけ確かなことがあった。

「もし、あなたが人を喰《く》う魔物なら、おれはとっくに腹の中だと思うけど」

「さぁな。今すぐ喰うとは限らんだろう」

乃依流の言葉を否定する彼は、まるで『魔物』扱《あつか》いされたいみたいだ。

ゆらゆら揺らめく蠟燭の炎《ほのお》を挟んで、彼と視線を絡《から》ませる。乃依流を見る瞳は理知的な光を湛《たた》えていて、やはり『魔物』だとは思えない。

しばらく無言で視線を合わせていたけれど、彼はふっと顔を背《そむ》けて口を開いた。

「夜更《よふ》けには霧《きり》が出る。霧が晴れないうちに出て行け」

「でもっ、あ、足が痛くて、しばらく動けそうになくて……」

言い訳じみた調子になってしまったのは、足が痛いのは事実でもまったく動けないわけではないせいだ。

乃依流の言葉に、彼はどう返してくるか……数十秒の沈黙《ちんもく》が、やけに長く感じた。

小さく息をついた彼は、

「動けるようになれば、すぐに出て行け。食事は奥のダイニングに用意しておくから、勝手に食せばいい」

それだけ口にすると、ベッド脇《わき》のサイドテーブルに置かれた燭台《しょくだい》に手を伸《の》ばす。真新しい蠟燭に、自分の手に持っている燭台の火を移して背を向けた。

「あのっ……」

呼び止めようとした乃依流を黙殺して、もう話すことはないとばかりに振《ふ》り向くことなく廊《ろう》下《か》に出て行ってしまった。

黒いマントに覆《おお》われた広い背中は、乃依流が話しかけることを拒絶《きょぜつ》しているようで、それ以上の言葉が出なかった。

なにより、咄嗟《とっさ》に呼びかけようとしたところで、名前を聞いていなかったことに気づいてしまった。

「人嫌《ぎら》いなのかな」

でも、足が痛かろうが少しでも歩けるなら今すぐ出て行けと、放り出されなかった。ということは、乃依流がここにいることを疎《うと》ましく思われているわけではないと受け取ってもいいだろうか。

それなら、ありがたい。

「現実逃避《とうひ》かもしれないけど」

祖父母宅に戻《もど》れば父親と顔を合わせることになると考えただけで、憂鬱《ゆううつ》になる。帰りたくない……などと、ただの逃げだ。時間稼《かせ》ぎに大した意味はないとわかっているけれど、もう少しここにいたい。

「ここだと、深呼吸ができるんだよな」

東京の自宅にいる時は、ずっと息苦しさを感じていた。迎《むか》え入れてくれた祖父母宅でも、申し訳なさと逃げている後ろめたさが消えなかった。

でも、この古城に来てからは深く息ができるのだ。

息をついた乃依流は、燭台の炎をぼんやりと見詰めながら、身を隠《かく》すようにマントを纏《まと》う彼を思い浮かべた。

古城に住む狼《おおかみ》の姿をした魔物、『フェンリル王』……か。

「迷信《めいしん》……だよな」

あの綺麗《きれい》な瞳を見れば、魔物などではないとわかるのに。

低い声と、フードの下に覗《のぞ》く顔と……抱《だ》き上げて運んでくれた力強い腕《うで》。

乃依流は、彼のことをそれだけしか知らないけれど、非情な魔物などではないことだけは確かだった。

「昨夜、一瞬《いっしゅん》だけ見えた気がする耳とか尻尾《しっぽ》も、錯覚《さっかく》だ」

フードの下からチラリと覗いた、犬のような形の耳は……髪《かみ》が乱れていたせいで、そんなふうに見えたのだ。

尻尾に似たものの正体は、服の装飾《そうしょく》あたりだろう。

身を隠すように、すっぽりとマントを被《かぶ》っている理由は……？

「本人に聞いてみれば、そんなことかぁ……って脱力《だつりょく》するような理由かも」

究極の照れ屋だとか、映画俳優やモデルとかのフィンランドの有名人で、姿を晒《さら》して騒《さわ》がれたくないだけだとか。

乃依流の想像力では、そのあたりが限界だ。

蠟燭の炎を眺《なが》めて、こちらに向けられた大きな背中を思い描《えが》いた。

「もっと、話したかった……な」

もしかしたら、過去に乃依流が迷い込んだ古城と同じなのではないか……という疑問は、増すばかりだ。

人の気配がないけれど、ここで独り暮らしをしているのか、とか。彼自身のことも、聞きたかった。

万が一、彼が魔物だと仮定して……祖母から聞いた『フェンリル王』の姿を彼と重ねて想像してみたけれど、やはり不思議なくらい恐《おそ》ろしさはない。

「次に逢《あ》った時は、忘れずに名前を聞かないと」

そういえば、乃依流も名乗っていないような気がする。

スケッチブックをサイドテーブルに置いて窓の外に目を向けると、深い紺色《こんいろ》へと色を変えた空を見上げた。

□　□　□

「……そろそろ歩けるだろう」

翌日、陽《ひ》が落ちると共に部屋へやって来た彼は、ベッドに腰《こし》かけている乃依流に開口一番そう投げかけてきた。

「えーと……」

どう答えようかと迷って、言葉を濁《にご》す。

ダイニングに行って大きなテーブルに置かれているパンや果物を食べさせてもらったり、スケッチブックを手に城の中を歩いて興味を引かれたものを描《か》いたり……と、城内を動いていることは知られているだろう。まったく歩くことができない、という答えは即座《そくざ》に「嘘《うそ》だな」と眉《まゆ》を顰《ひそ》められるはずだ。

「まだ、長い距離《きょり》は無理かも」

なんとか捻《ひね》り出した乃依流の返事に、彼は仕方なさそうな吐息《といき》をついた。

室内に入ると、ベッドのサイドテーブルにある燭台の蠟燭《ろうそく》に火を移す。

その炎を見詰《みつ》めながら、聞かなければならないと思っていたことをぶつけた。

「おれっ、乃依流って言います。あなたの名前も、教えてもらっていいですか？　どう呼べばいいのか、困って……」

動きを止めた彼は、フードで顔の半分を隠すようにしながら、チラリと乃依流に目を向けてくる。

しばらく待っても、答えはない。

尋《たず》ね方が、不躾《ぶしつけ》だっただろうか。それとも、乃依流には教えたくないのかと落胆《らくたん》しかけたと同時に、低い声が耳に入った。

「名を呼ぶ必要などないだろう」

「っ……」

必要以上に踏《ふ》み込むな、とクッキリとした線を引かれた気分だった。胸の奥に、ズキンと鈍《にぶ》い痛みが走る。

あからさまに拒絶されて怯《ひる》みそうになったけれど、どうしても彼の名前を知りたくて食い下がった。

「助けてくれた恩人の名前を、知りたいって思ったらいけませんか」

普段《ふだん》の乃依流なら、こんなふうに突《つ》き放されそうになれば黙《だま》って引く。

対人関係は当たり障《さわ》りなくやり過ごすのが一番で、疎ましがられてまで誰《だれ》かのことを知りたいなどと思わない。

でも、今は違《ちが》った。

ここで引き下がると、二度と名前を知る機会が得られないかもしれないと思えば、どうしても「それならいい」と目を逸《そ》らすことができなかった。

見上げる乃依流の眼力に負けたのか、彼が視線を逸らした。

「……ここしばらくは、フェンリルとしか呼ばれないな。おまえも、好きに呼べばいい」

「フェンリル、って……」

人けのない古城で不意に出くわした人の頭には、伝承の『フェンリル王』が一番に思い浮《う》かぶのだろう。

それは、乃依流も考えてしまったことなので自分を棚《たな》に上げて「酷《ひど》い」とは言えない。自らフェンリルと呼ばれるのだと口にした彼の声には、自嘲《じちょう》するようでいてどこか淋《さび》し気な空気が含《ふく》まれていた。

「あなたは、魔物《まもの》なんかじゃないのに」

祖母が言う『フェンリル王』は、狼の姿をしているらしい。それなら、やはりこの人は魔物の『フェンリル王』ではない。

乃依流がそうつぶやくと、彼は手に持っていた燭台《しょくだい》をサイドテーブルに置いた。二つ並んだ燭台の蠟燭の光は、これまでより明るく室内を照らす。

乃依流の正面に立った彼は、少しだけ背を屈《かが》めて顔を寄せてきた。

「俺が魔物ではないと、言い切れるのか？」

「うん。だって、優《やさ》しいし……目が、すごく綺麗だ」

端整《たんせい》な顔には、庶民《しょみん》の乃依流が気圧《けお》されるほどの気品が漂っている。乃依流を見据《みす》える淡《あわ》い蜂蜜《はちみつ》色の瞳《ひとみ》は澄《す》んでいて、すごく綺麗だ。

乃依流は思うまま口にしたのに、彼は苦痛を感じているように眉を顰める。

苦痛に耐《た》えている……？

違う。苦しそうとか痛そうというよりも、淋しそうな表情だ。

なにか、的外れなことを言ってしまったかと……尋ねるために唇《くちびる》を開きかけた瞬間、肩《かた》を摑《つか》まれてベッドに押しつけられた。

「なに……っ」

「よく見ろ」

ボソッと口にした彼は、突然《とつぜん》の行動に驚《おどろ》く乃依流を睨《にら》みつけながら頭から被っていたマントのフードを摑む。

次の瞬間、黒いマントがばさりと翻《ひるがえ》り、床《ゆか》に投げ捨てられた。

「この姿を見ても、魔物ではないと言えるか？」

「……ぁ……ッ！」

乃依流は反射的に声を上げそうになったけれど、喉《のど》の奥で詰まる。ピクリとも動くことができなくて、ただひたすら目を見開いた。

見上げた乃依流の目に飛び込んできたのは、金茶色の髪と……獣《けもの》のものにしか見えない、大きな三角形の耳だったのだ。

「驚いたか」

彼は、驚愕《きょうがく》のあまり硬直《こうちょく》する乃依流に、唇の端《はし》をわずかに吊《つ》り上げて自嘲するかのような微《び》苦笑《くしょう》を滲《にじ》ませる。

「耳だけではない」

こっちを見ろとばかりに、ほんの少し身体《からだ》を捻った。

凝視《ぎょうし》していた頭からぎこちなく視線を動かすと、ばさりと揺《ゆ》れる尻尾《しっぽ》……としか言えない毛の塊《かたまり》が目に映る。

たっぷりとした毛に覆《おお》われたそれらは、犬……いや、狼《おおかみ》のものだろうか？

フェンリル王、と頭を過《よぎ》った一言は、声に出すことができなかった。

「逃《に》げなくていいのか？　喰《く》われるぞ」

そう言いながら、乃依流に見せつけるかのように牙《きば》を覗《のぞ》かせる彼が、やはりどこか淋し気だったせいだ。

隠《かく》し続けることもできたはずなのに、自ら正体を曝《さら》け出したのは……どうしてだろう。

乃依流と視線を絡《から》ませたまま、顔を寄せてくる。

「汚《けが》らわしい異形の魔物だと……触《さわ》るなと、突き放せ」

そうしてくれと、懇願《こんがん》しているような声だった。

乃依流の肩を押さえつけた手には、さほど力が入っていない。その気になれば、あっさりと振《ふ》り払《はら》えるはずだ。

逃げようとしないことを怪訝《けげん》に思ったのか、ジッと見上げる乃依流から目を逸らして、クッと低く笑う。

「恐ろしくて動けないか。さっさと出て行かないからだ」

「怖《こわ》くない」

ぽつりと口にした乃依流は、そっと右手を上げて彼の頭に伸《の》ばした。指先が触《ふ》れるかどうか、というところでピクッと耳が震《ふる》える。

「本当の耳だ」

「な……っ」

乃依流よりも、彼のほうが驚いた顔をしている。そんな行動に出るなどと、予想もしていなかったに違いない。

動揺《どうよう》を見せたのは一瞬《いっしゅん》で、すぐさま険しい表情で牙を見せつけてきた。

「怖いもの知らずな子どもが、愚《おろ》かな……喰うぞ」

そう低く言い放つと、首元に牙を押し当ててくる。乃依流は、尖《とが》った牙のひんやりとした感《かん》触《しょく》にピクリと指を震わせた。

吐息が肌《はだ》をくすぐる。薄《う》っすらと鳥肌が立ち、トクントクンと心臓が鼓動《こどう》を速めた。

「ふ……」

身体を硬《かた》くして、細く息をついた。牙は軽く押しつけられているだけで、皮膚《ひふ》を突き破ろうとはしない。

鋭《するど》い牙を今にも突き立てられそうになっていることに、緊張《きんちょう》していないわけではない。でも、不思議なくらい恐怖《きょうふ》は感じなかった。

こうすれば、さすがに乃依流が泣いて逃げ出すと期待していたのだろう。しばらく動きを止めていた彼は、そろりと顔を上げて乃依流の顔を覗き込んできた。

「腰《こし》を抜《ぬ》かし……ているわけでは、ないのか。何故《なぜ》、逃げ出さない」

逃げようとしないのは、恐怖のあまり硬直しているせいだと予想していたのだろう。

なのに、覗き込んだ乃依流の表情から、そうではないと知ったらしい。ものすごく奇妙《きみょう》なものを見るような目だ。

何故？　そう聞かれても、乃依流にもよくわからない。

ただ、こうして脅《おど》されても、やはり恐《おそ》ろしい魔物だとは思えなかった。だいたい彼が本気で乃依流を『喰う』気なら、とうに喉を食い破られているはずだ。

「お腹《なか》が空《す》いてるなら、いいかなと思って。おれが美味《おい》しいかどうかは、わかんないけど」

逃げない理由をそんなふうに語ると、彼の表情が一段と険しくなる。ピクピク震える耳と、ゆらりと左右に振られた尻尾が、苛立《いらだ》ちを表していた。

「繊細《せんさい》な飴《あめ》細工のような髪《かみ》に、柔《やわ》らかい肌、瞳は夜を閉じ込めたようだ。おまえは、きっと美《う》味《ま》いだろう」

髪に触れた指が、こめかみ……目尻《めじり》、頬《ほお》へと移動して指先で辿《たど》り、首をするりと撫《な》で下ろす。

それでも乃依流が拒絶《きょぜつ》せずにいると、ググッと眉間《みけん》に皺《しわ》を寄せて手を引いた。

「空気が湿《しめ》っているから、もうすぐ霧《きり》が出る。本当に喰われたくなければ、今夜にでも出て行け」

そう口にすると、覆い被《かぶ》さっていた乃依流から身体を離《はな》してベッドを下りる。サイドテーブルに置いてあった燭台を手に取り、大股《おおまた》で部屋を出て行った。

コツコツと、石の廊下《ろうか》を歩く足音が遠ざかる。

しばらく動くことのできなかった乃依流は、拳《こぶし》を握《にぎ》って大きく息をつき、ベッドから上半身を起こした。

廊下の気配を窺《うかが》っても、物音一つ聞こえない。

「マント、忘れてる」

ふと見下ろした床の絨毯《じゅうたん》には、彼が纏《まと》っていた黒いマントが残されていた。このマントが隠していた彼の姿を、思い起こす。

金茶色の髪と同じ色の、獣の耳……そして、尻尾。魔物というよりも、神々《こうごう》しく見えるほど綺麗《きれい》だった。

恐怖や不気味さといった負の印象がないのは、彼が意図して露悪《ろあく》的に振る舞《ま》っていたようにしか見えなかったせいだ。

「フェンリル……って呼ばれることも、受け入れてたみたいだしなぁ」

祖母が語ったように、悪さをして聖職者に姿を変えられた……罪を犯《おか》して罰《ばつ》を受けなければならない悪者とは思えないのに。

ここから出て行けと、乃依流を脅してまで早々に追い出そうとするのにも理由があるに違《ちが》いない。

なにも知らない彼のことを、そんなふうに少しでもいいように捉《とら》えたくなるのは、かつて古城で出逢《であ》った『フェンリル』と重なるせいだ。

八歳の乃依流を保護してくれた彼のおかげで、一人きりの夜を過ごさずにすんだ。ビスケットは美味しかったし、マントに包まれての眠《ねむ》りは心地《ここち》よかった。

大人たちに言い含《ふく》められた、空想などではない。

「やっぱり、あの時の、フェンリル……なのかな」

そう声に出すと、思い浮《う》かんでは否定していた「まさか」が、正解だとしか思えなくなってきた。

あの時の『フェンリル』と、ここにいる彼が同じなのだとしたら、様々なものが違和感《いわかん》なく受け止められた。

過去の温かい記憶《きおく》があったから、最初から怖いとか気味が悪いと感じなかったのだ。

八歳の乃依流は『フェンリル』が獣の耳と尻尾を持っていると知らなかったけれど、もしあの時に目にしていたとしても怖いと震えたりしなかったに違いない。

十年前の『フェンリル』は、夜明けまで乃依流に寄り添《そ》い、迷い込んだ心細さを打ち消してくれた。

『夜の魔物《まもの》も夜行性の獣《けもの》も、近づかないよう俺が見張っている』

記憶の奥底に残るそんな言葉は、乃依流の作り出した夢想ではなく『フェンリル』に貰《もら》ったものだと、確信を持つことができる。

ただ……。

「あんなに、淋《さび》しそうな目をしていたかなぁ」

綺麗な蜂蜜《はちみつ》色の瞳《ひとみ》は、きっとそのままだ。でも、時おり覗く翳《かげ》りは、この十年のあいだになにかがあったせいか？

それとも、あの頃《ころ》の乃依流は子どもだったから、気づかなかっただけだろうか。

「十年前と、変わっていないように見えるのは……普通《ふつう》の人間じゃないから？」

乃依流には魔物だとは思えないから、普通の人間ではないせいかと首を傾《かし》げる。

なにもかもわからない。

ここに、『フェンリル』と一緒《いっしょ》にいれば、数々の不思議は解明されるのだろうか。

日本で過ごした無気力だった日々が嘘《うそ》のように、乃依流の心が揺り動かされる。

「もう少し、ここに居させてもらおう」

彼は、乃依流を本気で喰うつもりはない。追い出すための、ただの脅しだ。

牙が押し当てられた喉元《のどもと》に、そっと手を触れる。

心臓がドキドキしたのは、緊張と……あんなふうに、誰《だれ》かに触れられたことが初めてだったせいだ。

軽く牙《きば》を立てられながら吐息《といき》にくすぐられると、肌がざわついた。その際の奇妙な感覚を呼び起こしそうになり、じわりと顔が熱くなる。

「なんか、変なの」

独り言《ご》ちた乃依流は、そこに集まりそうになった熱を打ち消すように、慌《あわ》てて手のひらでゴシゴシと喉を擦《こす》る。

そうして摩擦《まさつ》を与《あた》えても、軽く叩《たた》いても、一度甦《よみがえ》りかけた『フェンリル』の牙の感触は消えてくれなかった。

《三》

「夕暮れだ」

手元が暗くなり、窓の外に目を向ける。

日が傾《かたむ》き、空の色が茜色《あかねいろ》からラベンダー色へと移り変わるのを確認《かくにん》して、乃依流はスケッチブックをサイドテーブルの端《はし》に置いた。

そうして待ち構えていた時間は、そう長くなかった。

コツ……コツ、と。

石の廊下を歩く靴音《くつおと》に、耳を澄《す》ませる。少しずつ近づいて来て、部屋の入り口に蠟燭《ろうそく》の光が見えた。

ベッドに腰かけた乃依流が人影《ひとかげ》に向かって軽く手を振《ふ》ると、低い声が返ってくる。

「……まだいるのか」

「見ての通り」

ケロリと答えた乃依流に、ため息をついたのがわかった。彼が手に持っている燭台《しょくだい》に立つ蠟燭の炎《ほのお》が、ゆらりと揺《ゆ》れたせいだ。

部屋に入ってきたフェンリルは、サイドテーブルにある燭台の蠟燭に火を移す。

「妙《みょう》な人間だ」

「そうかな」

呆《あき》れたような声に、笑って言い返す。

動けるようになれば、すぐに出て行け……と言うくせに、こうして日が暮れると燭台の蠟燭に火を灯《とも》しに来てくれる。だから、フェンリルが乃依流を本気で追い出そうとしているとは思えないのだ。

まるで、まだ乃依流がいるのだと……確かめに来ているようだ。

「退屈《たいくつ》だろう」

ベッドサイドに立ったフェンリルは、窓の外を見ながらつぶやく。乃依流に尋《たず》ねているようにも、ただの独り言のようにも聞こえる声色《こわいろ》だ。

隠《かく》すことにもう意味がないと思ったのか、乃依流に狼《おおかみ》の耳と尻尾《しっぽ》を曝《さら》け出して以来、フェンリルはフードを被《かぶ》ることを止《や》めた。

だから、その表情をハッキリ見て取ることができる。

「ううん、絵を描《か》いていたらあっという間に時間が過ぎるから。お城の中にある花瓶《かびん》やランプも、柱の彫刻《ちょうこく》も……部屋の調度品も綺麗《きれい》だ」

城の内部といっても、乃依流が滞在《たいざい》させてもらっている部屋と食事が用意されているダイニング、入り口のホールあたりしか見ていないけれど、それでも絵に描きたいものがたくさんあった。

「ふ……ん。好きにすればいいが、地下には足を踏《ふ》み入れるな。かつて、罪人を収監《しゅうかん》していた牢獄《ろうごく》だ。今も怨霊《おんりょう》が囚《とら》われている」

乃依流をチラリと見下ろしたフェンリルは、本気か冗談《じょうだん》か読めない口調でそう言って、目を逸《そ》らした。

「はは……子どもじゃないから、そんなのじゃ怖《こわ》がらない」

ゾクッと背筋を悪寒《おかん》が駆《か》け上がったことを隠して、子ども騙《だま》しの怪談《かいだん》など怖くないと笑って見せる。

フェンリルは窓の外に目を向けたまま、短く返してきた。

「信じないならそれでもいい」

真顔でそんなふうに言われては、もう笑うことができない。

入り口を挟《はさ》み、乃依流がいる部屋やダイニングとは反対側の廊下《ろうか》の奥に、地下に続く階段があることは知っていた。

ただそこは、昼間でも暗くジメッとした空気が漂《ただよ》っていて、フェンリルに言われるまでもなくわざわざ覗《のぞ》いてみようとは思えなかった。

なんでもないように笑って見せたのは、ただの強がりだ。

あの階段の先にあるものが、地下牢だと聞いた今では……間違《まちが》っても足を踏み入れないようにしようと密《ひそ》かに誓《ちか》う。

好奇心《こうきしん》は猫《ねこ》を殺す、という諺《ことわざ》が頭の中をぐるぐると駆け巡《めぐ》った。

「あの、玄関《げんかん》を出てすぐのところに咲《さ》いてた、白い花……これだけど、初めて見た。なんていう花？」

話題を変えたくて、スケッチブックに手を伸《の》ばした。パラパラと捲《めく》り、今日の昼に描いた白い花を見せる。

蠟燭の淡《あわ》い光でも、この位置で広げたらハッキリと見えるはずだ。

「祖父母の家の近くでも、森の中でも、見たことがないなぁって」

スケッチブックの始めのほうには、祖父母の家の周りや散策した森の中で見かけた花をいくつもスケッチしている。

でも、似ているようでいて花弁や葉の形が異なるものばかりだ。

花の名前を絵に添《そ》えたくて尋ねた乃依流に、チラリとスケッチブックに視線を落としたフェンリルは「知らん」と短く口にした。

「俺が育てているわけではない。ここの庭だと、おまえが見たことのない花が咲いていることもあるだろう」

「ここの庭だと、ってなにか特殊《とくしゅ》な条件があったりする？　あ、湖に囲まれているから、地熱の関係とか……高原に固有種の草花が育つのと、同じようなものかな」

首を捻《ひね》って、なけなしの知識から『ここの庭』に見知らぬ花が咲く理由を導き出した乃依流に、フェンリルの答えはなかった。的外れだったのかもしれない。

口を噤《つぐ》んでパタンとスケッチブックを閉じた乃依流の頭上から、フェンリルの声が降ってくる。

「誰も手入れをしなくても、樹々《きぎ》は育ち花は咲く。逞《たくま》しいな」

パッと顔を上げた乃依流の目に、窓の外を眺《なが》めるフェンリルの横顔が映る。

庭と屋内を隔《へだ》てているのは、窓ガラス一枚だ。それなのに、まるで無機質な絵画を見ているかのような眼差《まなざ》しだった。

庭を眺めるフェンリルがなにを思っているのか、乃依流には読み取ることができない。それがもどかしくて、どうにか会話を続けようとフェンリルの言葉を継《つ》ぐ。

「手入れをしていない？　庭は全然うろついてないけど……窓から見える範囲《はんい》は、こんなに綺麗なのに」

低木と、緑の草……所々に密集して花が咲いている。

城の裏側などはわからないが、少なくともこの部屋から見える限り、ずっと放置されているような荒《あ》れた雰囲気《ふんいき》ではない。

「フェンリルが、手入れをしているんじゃないの？」

この人の他《ほか》に誰《だれ》も住んでいないようなので、彼が庭の手入れをしているのだと思っていたのだが……。

そんな乃依流の問いに、フェンリルは庭から目を逸らして答えた。

「たまに、気が向けば庭師の真似事《まねごと》をしていたこともあった。だがそれも、ずいぶんと昔の話だ」

ずいぶんと昔とは、大袈裟《おおげさ》な……と思ったけれど、揺《ゆ》らめく蠟燭の炎が照らすフェンリルの横顔は愁《うれ》いを帯びていて、それ以上なにも言えなくなってしまった。

奇妙な沈黙《ちんもく》が漂い、乃依流はどう話しかければいいのか迷う。

もともと、コミュニケーション能力は高いほうではない。それでもフェンリルと共にいるのは心地《ここち》よくて、もっと話していたいと思えるのが不思議だ。

乃依流が言葉を探していると、フェンリルが口を開いた。

「城の中を見て回ったのなら、わかっただろうが……大して面白《おもしろ》いものもないだろう。足も治ったようだし、そろそろ元居たところへ帰れ」

乃依流の足を見下ろしたフェンリルは、そこに巻きつけてあった白い布を取り払《はら》っていることに気づいたようだ。

言葉を切ると、手に持った燭台を動かした。

用は済んだとばかりに、またすぐに部屋を出て行ってしまう。そんな焦燥感《しょうそうかん》に背中を押されて、顔を上げた。

「まだ、もう少し居させてほしい……んだけど」

「そんなに喰《く》われたいのか？」

背を屈《かが》めて顔を寄せてきたフェンリルは、眉間《みけん》に皺《しわ》を寄せて牙《きば》を見せ、精いっぱい凄《すご》んでいるつもりだろう。

そんなふうに脅《おど》されても、乃依流は微塵《みじん》も恐《おそ》ろしいと感じない。

「お腹《なか》が空《す》いてるなら、いいよ」

ピクピクと震《ふる》えるフェンリルの耳を見詰《みつ》めながら、ぽつりと答える。

険しい表情を見せていたフェンリルは、脅しが通用しない乃依流に鼻白んだかのように顔を引いた。

「……怯《おび》えて震えるならいいスパイスになるが、喰われそうになっても平然としている人間は美味《うま》そうではないな。ここにいても、退屈だろう」

退屈だろうと繰《く》り返し乃依流に問うフェンリルこそ、退屈なのではないかと思い至った。

なにか事情があって、ゲームやテレビもなさそうなこの城に一人で滞在しているのなら、暇《ひま》を持て余《あま》していても不思議ではない。

それなら、とスケッチブックを開いた。

「よかったら、日本の昔話とか……興味ない？　子どもの頃《ころ》に読んだ絵本のものだから、間違っているところもあると思うけど……浦島太郎《うらしまたろう》とか桃太郎《ももたろう》とかっ」

鉛筆《えんぴつ》を右手に持ち、白いページに桃《もも》の絵を描《か》いた。

大きな桃が川の上流から流れてきて、おばあさんに拾われて……と記憶《きおく》を辿《たど》りながら昔話を描き出していく。

かなり強引《ごういん》だと思うが、興味を引くことができればこちらのものだ。幸いなことに、フェンリルは背を向けて部屋を出て行こうとしない。

この調子だ。飽《あ》きさせないよう、どんどん先へと進めてしまえ。

「育てられた桃太郎は鬼《おに》退治をすることになって、鬼が住む島に向けて出発した」

気合いを入れたのはいいが、曖昧《あいまい》な物語を絵に描きながら語るのは案外難しいと知った。なにより、日本独自のものをフェンリルにもわかるよう説明するのに四苦八苦する。

「御供《おとも》が、道中で逢《あ》った猿《さる》と犬と雉《きじ》……鳥でいいか、で……キビ団子、っておれもよくわかんないな。ええと、お菓子《かし》をあげるから一緒《いっしょ》に来てくれって……よく考えたら賄賂《わいろ》だよな。物で釣《つ》るのって、ずるいかも」

語りながらスケッチブックに猿と犬と鳥の絵を描いていた乃依流は、子どもの頃は純粋《じゅんすい》に楽しめていた物語に野暮《やぼ》なツッコミを入れて手を止める。

それまで無言だったフェンリルが、「続きはないのか？」と小さく零《こぼ》した。

「あっ、続き……あるよ。えーと……」

部屋を出て行かないこと、興味を持ってくれたことが嬉《うれ》しくて、引っかかりを無視することに決めると鉛筆を走らせた。

鬼たちの隠《かく》れ家である島に押し掛《か》けて、退治して目的の宝物を取り戻《もど》した、と鉛筆の動きを止めたところで、フェンリルが「ふん」と鼻を鳴らす。

「どちらが侵略者《しんりやく》だか」

反論できない。話し終えた乃依流も、『めでたしめでたし』じゃないよなぁ……と首を傾《かし》げたところだ。

語る昔話の選択《せんたく》を誤った、と己《おのれ》の失態に落ち込みかけて「いやいや」と頭を左右に振《ふ》った。しょんぼりしている場合ではない。

「明日《あした》っ、明日は別の話にする。いろいろ……もっと楽しい話も思い出しておくから、聞いてくれる？」

「……気が向けばな」

それだけ言い残したフェンリルは、燭台《しょくだい》を手に廊下《ろうか》へと出て行った。コツコツと廊下に反《はん》響《きょう》する足音が遠ざかり、静かになる。

今夜は、これまでより長く一緒にいてくれた。明日も、フェンリルの『気が向けば』あやふやな『日本昔話』につき合ってくれるらしい。

「日が暮れたら、だよな。昼間は逢ったことがないけど、ものすごい夜型なのかなぁ」

燭台を手にしたフェンリルがこの部屋へやって来るのは、いつも夕暮れ時だ。昼間は、一度も顔を合わせていない。

日が出ているあいだは、この城のどこかにいる……？

「ここにいるとは、限らないのか？　他に家があって、夕暮れ時を待ってここに来ている可能性もある？」

何故《なぜ》か、彼はずっとここにいると思い込んでいた。

そんなふうに考えたのは、祖母から聞いた『フェンリル王』伝説のせいだ。

狼《おおかみ》の姿のフェンリル王が、古城に住んでいる……と、無意識にあの話と結びつけていたから、フェンリルはずっとこの城にいるものだと勝手に決めつけていた。

「もっと、フェンリルのことも話してほしいんだけど……な」

どうして、あの姿なのだろう。

祖母から聞いた魔物《まもの》の『フェンリル王』のように振る舞《ま》っていたし、名前を教えてくれないから仕方なくフェンリルと呼びかけているけれど、乃依流はどうしても彼が冷酷《れいこく》な魔物とは思えない。

喰うぞと脅しつつ、乃依流を追い出そうとする……逃《に》がしたがるなど、矛盾《むじゅん》している。

他に人の気配はないのにダイニングには常にパンや新鮮《しんせん》な果物といった食事が準備されていて、夜のあいだに燃え尽《つ》きたはずの蠟燭《ろうそく》は、朝までにいつの間にか新しいものへ取り換《か》えられている。

考えれば考えるほど、不思議なことばかりだ。

「おれがまだいることを確かめて、なんとなくホッとしているみたいに見えるのは気のせいかなぁ」

まだ出て行かないのかと疎《うと》ましがっているようでいて、乃依流の存在を本気で邪魔《じゃま》に感じている雰囲気ではないのだ。

あの、どこか淋《さび》し気な綺麗《きれい》な瞳《ひとみ》が、乃依流の姿を捉《とら》えたと同時に嬉しそうに細められるのは……自惚《うぬぼ》れではないはず。

「なんで？　って、直球で聞いても答えてくれないだろうし」

はぁ……とため息をついた乃依流は、スケッチブックを手にして雑然とした『桃太郎』の手前のページを開いた。

庭の花やこの部屋の調度品だけでなく、昼間に幾度《いくど》となく思い浮《う》かべた『フェンリル』の姿をあちらこちらに描いてある。

端整《たんせい》な横顔や狼の耳、こちらに背を向けた時に見えるふさふさとした尻尾《しっぽ》を指先でそっと撫《な》でて、目を閉じる。

思い浮かべるのは、乃依流をジッと見る淡《あわ》い色の瞳だ。喰うぞと脅している時でさえ、優《やさ》しくて、あたたかい。

魔物の呼び名と言われている『フェンリル』ではない、彼の本当の名前はなんだろうと唇《くちびる》を嚙《か》んだ。

□□□

「いい天気。ピクニックとかしたら、気持ちよさそう」

頭上から降り注ぐ陽射《ひざ》しが眩《まぶ》しくて、目の上に手を翳《かざ》す。シャツ一枚だと少し肌寒《はだざむ》いけれど、動いていれば上着はいらないだろう。

スケッチブックを小脇《こわき》に抱《かか》えて庭を歩いていると、ここがどこなのか……自分がどうしてここにいるのか、忘れてしまいそうだ。

「あー……考えない考えない。湖のところまで行ってみよう」

思い浮かびそうになった父親の顔を振《はら》り払い、石畳《いしだたみ》の小道を歩いた。

橋を渡《わた》り、すぐに城が見えてきたはず。暗かったし霧《きり》に視界を覆《おお》われていたから距離《きょり》感《かん》が麻《ま》痺《ひ》していたかもしれないが、何時間も歩いたわけではないのだからすぐに湖へと辿り着くだろう。

そう思いながら歩いていたけれど、石の橋はなかなか見えてこない。

「あれ？　一本道だと思っていたけど……違《ちが》ったのかな」

ようやく湖が目の前に現れたのに、そこに石の橋はなかった。橋を渡って城までは真っ直《す》ぐだったと思うが、記憶違いだろうか。

振り向くと、城の全貌《ぜんぼう》が目に映る。視線を戻すと、そこに広がるのはわずかに水面が揺《ゆ》れる大きな湖だ。

きょろきょろと周囲を見回しても、橋は影《かげ》も形もなかった。湖の向こう、対岸がハッキリと見えない。

それほど、長い橋ではなかったはずなのに……？

「石の橋だと思ったけど、必要な時だけ架《か》かる浮き橋だったとか？　なんか、よくわかんなくなってきた」

乃依流の思う『～のはず』とは食い違うばかりで、記憶に自信がなくなってきた。

右手で髪《かみ》をぐしゃぐしゃと掻《か》き乱して、その場に座り込む。靴《くつ》を脱《ぬ》いで湖に足を浸《ひた》すと、ひんやりと冷たくて気持ちよかった。

「夏だったら泳げそうな、綺麗な水だ。釣《つ》りとかできそう」

キラキラと太陽の光を弾《はじ》く澄《す》んだ湖面に身を乗り出して、魚でも泳いでいないかと覗《のぞ》き込む。

チラリと小魚の群れが過《よぎ》り、「あ、いた」と夢中で魚の動きを目で追った。

時間も忘れて湖を眺《なが》めていると、背後でがさりと草を踏《ふ》む音が聞こえてきた。動くものの気配に、もしかしてフェンリルかと頰《ほお》を緩《ゆる》めて振り返る。

「あの、……ッ」

話しかけようとした声が、喉《のど》の奥に詰《つ》まった。目を瞠《みは》った乃依流は、頰を強張《こわば》らせて硬直《こうちょく》する。

違う。フェンリルではない。

灰色の体毛に包まれた巨体《きょたい》の獣《けもの》は、ハスキー犬に似ているけれど目つきの鋭《するど》さが異なる……ヨーロッパオオカミだ。フィンランド国内では熊《くま》やヘラジカほど多くは生息していないはずだが、野生の狼もいないわけではない。

五メートルほど離《はな》れたところから、乃依流をジッと見詰めている。今すぐ襲《おそ》いかかってきそうな切迫《せっぱく》した空気ではないが、変に動いて刺激《しげき》することはできない。

心臓が激しく脈打ち、緊張《きんちょう》のあまり手のひらに冷たい汗《あせ》が滲《にじ》んだ。

これほど近くで、狼と遭遇《そうぐう》したことなどない。犬とは比べ物にならない眼力で乃依流の動向を窺《うかが》っていて、身動きできない。あちらからは、武器を持たない乃依流など兎《うさぎ》や鹿《しか》と同等の捕《ほ》食《しょく》対象だろう。

鋭い牙《きば》で喉元に咬《か》みつかれたら、と想像するだけで鳥肌が立った。

ドクドクと耳の奥に響《ひび》く、忙《せわ》しない動悸《どうき》がうるさい。怖《こわ》くて目を逸《そ》らすこともできず、息苦しいほどの緊張に包まれた時間が流れる。

そんな膠着《こうちゃく》状態が、どれくらい続いたのか……狼《おおかみ》がジリッと一歩踏み出すのが見えて、首を竦《すく》ませた。

咄嗟《とっさ》に目を閉じた乃依流の耳に、低い獣の唸《うな》り声が飛び込んでくる。

ダメだ。こちらに向かってくる！

「ッ！」

逃げようにも手足が強張り、身体《からだ》が動かない。かろうじて両手で頭を抱えて、その場で身を丸くした。

そうして、せめてもの防御《ぼうぎょ》体勢を取った乃依流は、襲いかかられる覚悟《かくご》をした。

なのに、しばらく経《た》っても爪《つめ》や牙を突《つ》き立てられることはなくて……閉じていた瞼《まぶた》を、恐《おそ》る恐る開いた。

「あ……」

少し離れたところで、二頭の狼が激しく絡《から》み合っているのが目に映った。

一頭は、灰色の毛をした先ほどの狼。

もう一頭は、金茶色の毛に覆われた狼。

上になり下になり、グルグル唸りながら草の上を転がっている二頭を唖然《あぜん》と見詰めた。

互《たが》いに、どうにかして相手に咬みつこうと隙《すき》を狙《ねら》っている。鋭い牙を剝《む》き出しにして、喉を鳴らしている。

灰色の狼が、金茶色の狼の肩《かた》あたりに食いつき……。

「ダメだっ！」

ハッと我に返った乃依流は、手元にあるスケッチブックを摑《つか》んで、組み合う二頭に向かって投げつけた。二頭にまで届かなかったけれど、すぐ傍《そば》に落ちる。

割り込んできた物に気を逸らしたのは、灰色の狼のほうだった。

草の上で開いたスケッチブックに目を向けた直後、金茶色の狼に耳に咬みつかれて「ギャン」と悲鳴を上げる。

敗れた灰色の狼が走り去り、金茶色の狼と取り残される。

寒冷地に住む動物の特徴《とくちょう》として、全身を覆う体毛は毛足が長く見るからに暖かそうだ。

四肢《しし》で大地を踏みしめ、ジッと乃依流を見据《みす》えている。牙を剝き出しにして戦う勇猛《ゆうもう》な場面を目の前で見たのに、不思議と恐ろしいとは感じない。

威風堂々《いふうどうどう》とした立ち姿は、ただ美しかった。

「……フェンリル」

乃依流の口からは、自然とその名前が出ていた。

確証があったわけではない。でも、金茶色の体毛とこちらを見る淡い色の瞳《ひとみ》を、確かに知っているると感じたのだ。

乃依流のつぶやきが聞こえたのかどうかはわからないが、こちらを見詰めていた金茶色の狼はくるりと踵《きびす》を返して走り出した。

「あっ、待って……」

乃依流の呼びかけにも立ち止まることなく、あっという間に立ち木の向こうへと姿を消す。

地面についた手で草を握《にぎ》り締《し》めた乃依流は、もう一度「フェンリル？」と零《こぼ》して唇を震《ふる》わせた。

答えはない。ただ、吹《ふ》き抜《ぬ》ける風が前髪《まえがみ》を揺らすのみだ。

乃依流の目に映るのは、石畳《いしだたみ》の小道と、草に覆われた地面……小さな花に、深い緑の葉を纏《まと》う低木。

投げつけた弾《はず》みに開いた、スケッチブックの白い紙面だけが自然の中で違和感《いわかん》を放っている。

つい先ほど、すぐ傍で激しく闘《たたか》っていた二頭の狼の痕跡《こんせき》はどこにもない。無音声映画のような、静寂《せいじゃく》が漂《ただよ》っている。

背後の湖で、魚が跳《は》ねたのか……パシャンと水音が聞こえたことで、現実に立ち戻《もど》った。

「怪我《けが》、してないかな」

金茶色の狼を思い浮《う》かべて、表情を曇《くも》らせる。灰色の狼から助けてくれたのに、一言もお礼を言っていない。

なにより、あれほど激しく組み合って牙を立て合っていたのだから、どこか怪我をしている

のではないかと気にかかる。

立ち上がってスケッチブックを拾った乃依流は、少し離れたところから全体を眺めると城というより要塞《ようさい》と呼ぶのがふさわしい、荘厳《そうごん》な佇《たたず》まいの城へと向かう。

見上げた空は抜けるように青く、太陽は南中から少し傾《かたむ》いただけで、日暮れまではまだ時間がありそうだ。

日暮れと共に、蠟燭《ろうそく》の炎《ほのお》が揺らめく燭台《しょくだい》を手にしてやってくる『フェンリル』。

これほど、彼に早く逢《あ》いたいと願い……夜の訪《おとず》れを待ちわびるのは初めてだった。

《四》

バサバサと羽音を立てて、鳥が頭上を飛んで行く。空を仰《あお》いだ乃依流は、鈍《にぶ》い灰色の雲に目を細めた。

手元がやけに暗くなってきたと思っていたが、日暮れに加えて天気が下り坂になっているのも理由だったようだ。

「ちょっと寒いと思ったら、霧《きり》も出てきたかな」

座り込んでいた石の階段から腰《こし》を上げて、石畳の小道を眺めた。

小道の先が、ぼんやりと霞《かす》んで見える。漂い始めた霧が原因で、肌寒《はだざむ》さを感じるのかもしれない。

この城に滞在《たいざい》して一週間ほど経つが、湖に囲まれているせいか、三日に一度は日暮れから夜明けにかけて霧に包まれるのだ。

城の中に戻ろうと石段を上がった乃依流の耳に、廊下《ろうか》の奥からコツコツと近づいてくる足音が聞こえてきた。

玄関《げんかん》ホールに一歩入ったところで立ち止まり、足音が聞こえてくるほうへ目を向けた。

ダイニングや乃依流が使っている部屋とは、反対側……地下へ続く階段がある廊下の奥が、ぼんやりと光る。

暗がりを照らす蠟燭の灯《あか》りが浮かび上がらせるのは、金茶色の髪と、同じ色の毛に包まれた狼の耳を持つ長身の姿だ。

乃依流が玄関ホールに佇んでいることに気づいたらしく、二メートルほど手前で足を止めて口を開いた。

「……出て行く気になったのか」

「じゃなくて、庭から入ったところ」

乃依流の答えに、フェンリルはなにも言わない。ただ、手に持った燭台の蠟燭が大きく揺《ゆ》れたのが見て取れた。

蠟燭の光は淡《あわ》くて、フェンリルの耳あたりはハッキリと見えない。

二日前、湖の傍で野生の狼に襲《おそ》われそうになった乃依流を助けてくれたのはフェンリルではないかと、顔を合わせて真っ先に尋《たず》ねた。

返ってきたのは、素っ気ない「なんのことだ」の一言で、乃依流にお礼を言わせてくれなかった。

完全に無関係だと顔を背《そむ》けるものだから、怪我はしていないのかと、心配さえさせてくれなかったのだ。

空気が湿気《しつけ》を含《ふく》んでいることと、水っぽい匂《にお》いで霧が出ていることを察したのだろうか。

「霧が出てきたな」

フェンリルのいる位置からは城の外は見えていないはずなのに、確信を持った言い方だ。

「うん。小道の先が、ぼんやりしていた」

乃依流が答えると、フェンリルは一歩、二歩……大股《おおまた》で近づいて来て、半開きだった入り口の大きな扉《とびら》を手で押して全開にした。

ギギギと、鉄製の蝶番《ちようつがい》の軋《きし》む音が響《ひび》く。

「出て行くのに、打ってつけの夜だ。痛めていた足は完治したようだし、ここにいる理由はもうないだろう」

そう口にしながら、なにを思っているのか読めない無表情で乃依流を見下ろす。

さぁ出て行けとばかりに身体《からだ》の向きを変えるフェンリルに、乃依流はぎこちなく首を左右に振《ふ》った。

「おれがここにいるの、そんなに迷惑《めいわく》？　そりゃ、食費も宿泊費《しゆくはく》も払《はら》えないし、なんの役にも立ってないけど……庭の草むしりとか掃除《そうじ》とか、どんな雑用でもやるからもう少し居させてほしい」

帰りたくないと繰《く》り返す自分が、駄々《だだ》をこねる子どものようだとはわかっている。フェンリルは乃依流にここにいる理由はないだろうと言ったけれど、彼こそ乃依流をここに置く理由はないのだ。

それでも、と食い下がる乃依流を、フェンリルは険しい表情で見ている。目を逸《そ》らしたら負けだと、乃依流も淡い色の瞳を見詰《みつ》め返した。

絶対に引くものかという乃依流の強い意志は、眼差《まなざ》しに表れていたはずだ。

しばらく視線を絡《から》ませていたフェンリルが、眉《まゆ》を顰《ひそ》めて大きなため息をついた。

「おまえは何故《なぜ》、それほどここに居ようとする？　特別な、なにかがあるというわけではないだろう」

ぽつぽつとそう言いながら、扉をくぐって階段に足を踏《ふ》み出す。蠟燭の灯りに照らされ、石の階段をゆっくりと下りるフェンリルの影《かげ》が黒く伸《の》びた。

確かに、特別ななにかがあるというわけではない。もともと、目的があってここを目指したのではなく、父親と顔を合わせたくないという現実逃避《とうひ》だった。それも、今となってはどうでもいいことだ。

現在の乃依流にとって、ここに居ようとする理由があるなら……。

「でも、フェンリルがいる」

石段を下りるフェンリルの背中に向かって、ぽつりと口にした。

聞こえても聞こえなくても、どちらでもいいと思ってつぶやいた一言は、フェンリルの耳に明確に届いたようだ。

階段を下り切ったところで、驚《おどろ》いたようにパッと乃依流を振り返る。

霧は日暮れ直後より濃《こ》くなり、庭を白いベールで覆《おお》っている。石畳《いしだたみ》の小道も、数メートル先までしか見えない。

でも、燭台を手にしたフェンリルの顔は乃依流の目にハッキリと映る。

「なにを……」

戸惑《とまど》う声でつぶやいたフェンリルは、乃依流の言葉の意味をどう捉《とら》えればいいのか迷ったらしく目を泳がせている。

乃依流自身も、自然と零《こぼ》れた一言にどんな意味があるのか測りかねて惑い、言葉を続けられずにいた。

白く視界を霞ませる霧の中、どちらもなにも言えずに視線を絡ませる。真っ直《す》ぐなフェンリルの瞳《ひとみ》に、引き寄せられているみたいだ。

ふらりと石の階段を下りようとした乃依流の足が、霧による湿気のせいで滑《すべ》りやすくなっていた段を踏み外した。

「ぁ……っ」

身体が投げ出され、石段を落ちることを覚悟《かくご》する。咄嗟《とっさ》に目を閉じて衝撃《しょうげき》に備えたけれど……

……痛くない？

恐《おそ》る恐る目を開いた乃依流は、温かな両腕《りょううで》の中に抱《だ》き込まれていることに気づいて忙《せわ》しなく瞬《まばた》きをした。

三本あった蠟燭《ろうそく》の火は落ちた弾《はず》みに消えてしまったのか、視界が暗くてなにが起きているのかわからない。

でも、この感触《かんしょく》はもしかして……フェンリルの腕に、抱き留められているのではないだろうか。

燭台《しょくだい》を放り出して、階段を落ちかけた乃依流を受け止めてくれた？

ようやくそう思い至り、慌《あわ》てて密着しているフェンリルから身体を離《はな》す。

「あの、ごめ……っ」

ごめんなさいとありがとうと、どちらを先に言うべきか迷った乃依流が言葉を詰《つ》まらせたと同時に、目の前が眩《まぶ》しい光に包まれる。

「な、に？」

突如《とつじょ》、朝がやって来たのかと思うほどの眩しさに身を竦《すく》ませていると、これまで気配さえ感じなかった男の声が霧《きり》の中から響いた。

「その子を離せ、魔物《まもの》！」

「え……？」

ようやく明るさに慣れた乃依流の目に、石畳の小道に立つ男の姿が映った。眩しさの正体は、その人が装着しているヘッドライトのようだ。

乃依流とフェンリルに向かって、黒くて細長い……猟銃《りょうじゅう》を突《つ》きつけているのではないかと気づき、ぎくりと身体を強張《こわば》らせた。

「どこから攫《さら》ってきた？　今すぐ解放しないと、撃《う》つ」

フェンリルに向かってそう言い放つ男の声には、ビリビリと空気が震《ふる》えるような緊迫感《きんぱくかん》が漂《ただよ》っている。

乃依流は、腕に抱き留められた体勢のせいでフェンリルに捕《と》らわれていると誤解されているのではないかとようやく察して、慌てて首を横に振った。

「違《ちが》う……」

乃依流が言い終わらないうちに、「もう大丈夫《だいじょうぶ》だ」と男が口にする。

「君は、なにも心配しなくていい。まさか、本当に魔物がいたとは……。なんという、おぞましい姿だ」

声が震えているのは、ライトに照らされたフェンリルの姿がハッキリと目に映っているせいだろうか。

おぞましい？　魔物？

そんな言葉を投げつける男に、カーッと頭に血が上る。

「魔物じゃない！　銃を下ろしてください」

どうして、魔物だと決めつけるのだろう。一方的に攻撃《こうげき》をしようとするこの男のほうが、乃依流には野蛮《やばん》に見える。

腹立たしくて堪《たま》らない。なによりフェンリルは、どうして反論しない？

「なにを言っている？　どう見ても、魔物だろう。それとも……おまえも仲間か」

スッと銃口が動き、フェンリルの胸元《むなもと》に無意識に縋《すが》った乃依流へと向けられる。それがわかったのか、密着しているフェンリルの身体に力が込められるのが伝わってきた。

「俺を攻撃しても無駄《むだ》だ」

「っ……そのなりで、人の言葉を話すのか。ますます禍々《まがまが》しい」

低く口にした男には、乃依流の言葉もフェンリルの言葉も通じているはずだ。なのに、聞く耳を持っていないようだ。

再び銃身が動き、乃依流に向けられていた銃口がフェンリルへと移動する。

なにを言っても無駄だ。男の目には、フェンリルは魔物としか映っていない。

張り詰めた空気は息苦しいほどで、いつ撃たれてもおかしくなかった。

姿だけで魔物だと決めつけられ、フェンリルが傷つけられるのは嫌《いや》だ。身体《からだ》も、心も……理不尽《りふじん》に傷つけられていいはずがない。

でも、乃依流がどう説明すれば魔物などではないと理解してもらえるのかわからなくて、もどかしさばかり募《つの》る。

緊張のあまり、喉《のど》が渇《かわ》く。震えそうになる指先を、ギュッと握《にぎ》り込んだ。

ギリギリの緊張の中に身を置いているのは、きっと銃を構えている男も同じで……乃依流がほんの少し足を引いた瞬間《しゅんかん》、男の腕が動くのが見えた。

ダン！　と耳に馴染《なじ》みのない音が空気を震わせたのと、乃依流の強張りが解けたのは、ほぼ同時だった。

「ダメだっ！」

そうしようと頭で考えるより早く、身体が動いた。フェンリルの盾《たて》となるよう、咄嗟に手を突き出す。

次の瞬間、左手の肘《ひじ》の上あたりに熱した鉄棒が押しつけられたかのような衝撃が走った。

「ノエル！」

背中を強く抱き締《し》められ、頭上から焦燥感《しょうそうかん》を滲《にじ》ませた声が落ちてくる。

初めて、名前を呼んでくれた……。

左腕全体に鈍痛《どんつう》が走っているのに、それが嬉《うれ》しくてフェンリルの胸元に額を押しつける。

ショックのせいで冷や汗《あせ》が滲む。でも、フェンリルが強く抱き締めてくれているのがわかるから、きっと大丈夫だ。

根拠《こんきょ》はなにもないのに、それだけで遠ざかりそうになる意識を繋《つな》ぎ止められる自分が不思議だった。

「貴様……許さん」

唸《うな》るような低い声は、少し離れたところに立つ男の耳にも届いたはずだ。乃依流を背に庇《かば》い、一歩大きく足を踏《ふ》み出したフェンリルに慌てた調子で言葉を投げつける。

「その子どもが、勝手に飛び出したんだ。よ……寄るな、それ以上近づくなぁっ！」

悲鳴のような声に、続けざまの激しい銃声が重なる。乃依流は動かすことのできる右手を必死で伸《の》ばして、フェンリルの服の裾《すそ》を握った。

「フェンリル……ッ」

「うわぁぁぁっ」

叫《さけ》び声に続いて光が大きく動き、霧の向こうへと遠ざかっていく。なにが起きたのか、フェンリルの大きな背に視界を塞《ふさ》がれた乃依流にはわからない。

ただ、暗闇《くらやみ》と静寂《せいじゃく》が戻《もど》ってきたことだけは確かだ。

「ノエル……どこが痛い。少し待て」

フェンリルの声が乃依流を呼び、カチカチと足元から小さな音が聞こえてくる。火打ち石のようなものを使ったのか、燭台の蠟燭に火が点《とも》されて視界が明るくなった。

乃依流の身体を蠟燭の灯《あか》りで検分して、左腕を摑《つか》まれる。

「ここだけか？　他《ほか》は？」

「他は平気。フェンリルこそっ、怪我《けが》したんじゃないのか？　おれより、フェンリルが……」

「すぐに手当てを……。大人しくしていろ」

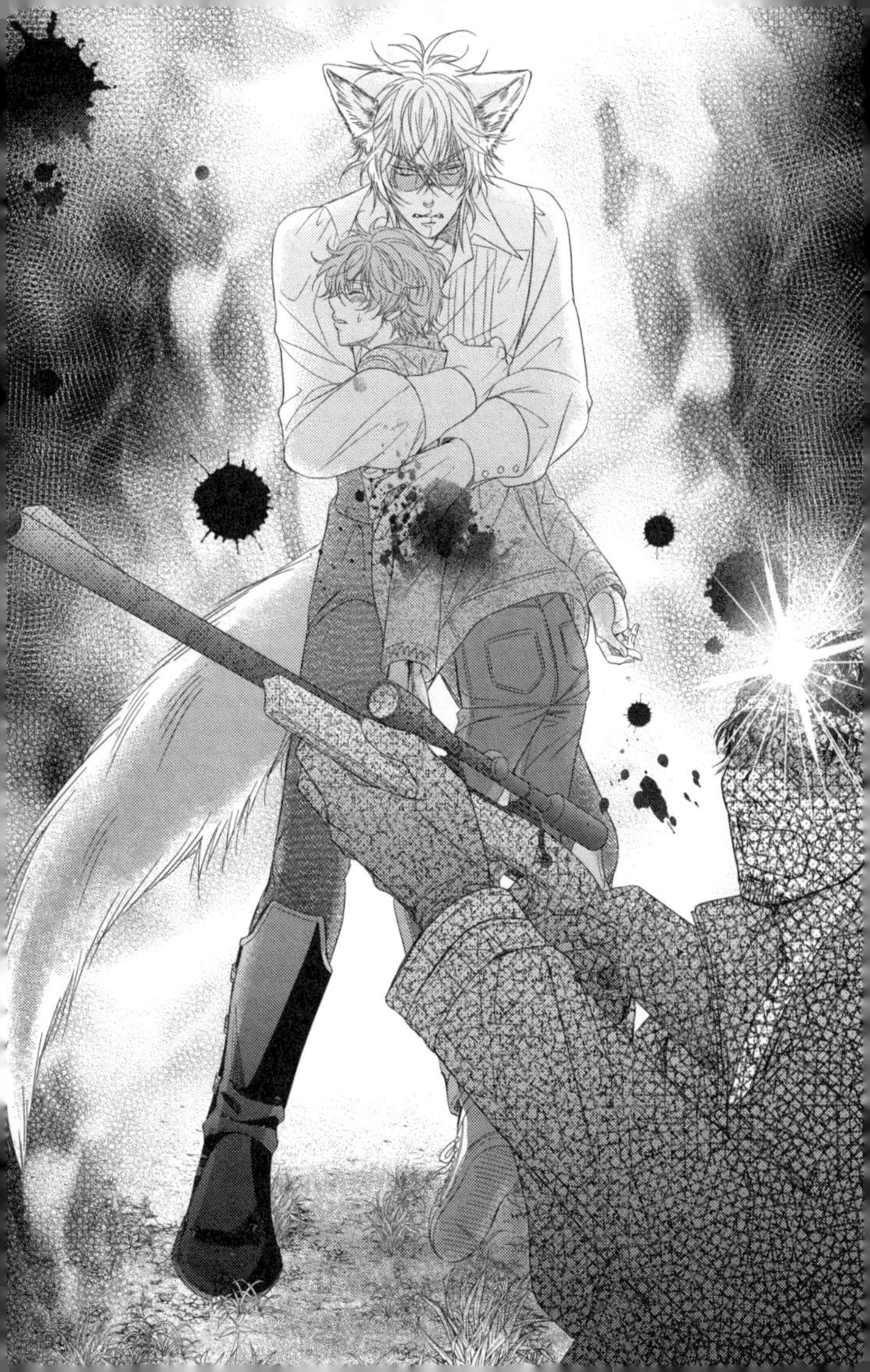

乃依流の問いに答えることなく、片手で担《かつ》ぎ上げられる。右手に燭台、左手で乃依流を肩《かた》に担いだフェンリルは急ぎ足で城に続く石段を上がった。

乃依流の目には、ぼんやりとした霧の中へと伸びる石畳の小道が映る。

あの男は、どこから来てどこへ帰ったのか。

目を凝《こ》らしても、白い霧の向こうはなに一つ見ることが叶《かな》わなかった。


ベッドに下ろされた乃依流は、眉《まゆ》を顰《ひそ》めて腕の傷を検分するフェンリルの横顔をぼんやりと見詰める。

水差しを傾《かたむ》けて血を洗い流し、清潔な白い布を巻いて傷口を圧迫《あっぱく》すると、ぽつりと口を開いた。

「痛むか」

白い布を見詰め、睫毛《まつげ》を震わせてそう尋《たず》ねるフェンリルは、自分が傷つけたかのような後悔《こうかい》を滲ませている。

全然痛くないと言えば嘘《うそ》だが、思ったより浅く血が滴《したた》り落ちるほどの傷ではなかった。今ではズキズキと疼《うず》くくらいだ。

「少しかすっただけみたいだし、大丈夫。フェンリルは……？」

乃依流を気遣《きづか》ってばかりのフェンリルに、そちらこそどこか怪我をしているのではないかと聞き返す。

なにが起きていたのか乃依流の目には見えなかったので、耳で聞いたことから推測するしかない。

でも、複数回の銃声からして、フェンリルが平然としているのが不思議なくらいだ。

「気遣い無用だ。俺には、引っ掻《か》き傷一つつけられん」

「そんなわけないだろっ。銃で撃たれれば、無事なわけがない」

ベッドに腰《こし》かけたまま、フェンリルの腕《うで》を摑んで顔を見上げた。

ベッドサイドのテーブルに置かれた燭台《しょくだい》には、三本の蠟燭《ろうそく》が炎《ほのお》を揺《ゆ》らめかせている。位置的に、フェンリルの身体に影《かげ》を作り……ハッキリ見えなくてもどかしい。

胸元、脇腹《わきばら》……と右手で身体に触《ふ》れ、どこにも傷がないことを確認《かくにん》して安堵《あんど》の息をついた。

至近距離《きょり》で撃たれたかと思ったが、服もなんともないし血が出ているふうでもない。

「俺など、庇うことはなかったんだ。おまえは……どうして」

苦しそうに言いながら、強く握り締めた手が震《ふる》えている。

どうして？

そんなこと、考えるまでもなく決まっている。

「フェンリルが傷つけられるのが、嫌だったからだ」

「俺は、傷つかん。……どうせ、死ねない」

「え？」

頭上から降ってきた小さな一言に、パッと顔を上げる。フェンリルが気まずそうに目を逸《そ》らしたことで、聞き間違《まちが》いではないと確信した。

死なないではなく、死ねないというつぶやきは、どんな意味を含《ふく》む言葉なのだろう。

「フェンリル。おれは、フェンリルの本当の名前を知らない。ここに、独りでいる理由も……その姿の意味も、わからない。でも、誰《だれ》かが傷つけようとするのも、魔物《まもの》だなんて呼ばれるのも嫌だ」

「ノエル……おまえはすべてを知っても、俺は魔物ではないなどと言えるか？」

「………」

知らないのだから、どう答えればいいのかわからない。

でも、今のフェンリルを魔物だなんて思っていないと伝えたくて、固く握られた拳《こぶし》をそっと両手で包み込む。

あたたかい。乃依流の手当てをしてくれた指は、乱暴に触れれば壊《こわ》れるのではないかと恐《おそ》れているかのように、細心の注意を払《はら》っていた。

「知りたい。フェンリルのこと……」

真っ直《す》ぐにフェンリルを見上げてそう告げると、逡巡《しゅんじゅん》していることが伝わってくる長い沈黙《ちんもく》があり……小さく息をついた。

「おまえには、語ろう」

ぽつりと零《こぼ》したフェンリルが、乃依流の右隣《みぎどなり》に腰かけてくる。

怖《こわ》がっていない、避《さ》ける気はないと伝えたくて、意図してフェンリルの左腕に肩を触れさせた。

《五》

「長い話になる」

ぽつりとそう口にしたフェンリルに、乃依流は「うん」と小声で答える。

今の生活に、タイムテーブルはない。フェンリルが語ってくれることは、すべて聞きたかった。

「話して。フェンリルが言いたくないことは、無理に聞かないから」

乃依流の言葉に、隣に座ったフェンリルは小さくうなずく。

そして、燭台に三つ並んだ蠟燭の炎を目に映しながら、ゆっくりと語り始めた。

□□□

あれは、どれほど前のことか……俺にとっては、昨日のことのようにも何百年も経《た》ったようにも思える。

当時、父から任された地方を兄弟と分け合い、それぞれ領主として治めていた。

近隣《きんりん》との諍《いさか》いが、なかったわけではない。それでも、大きな争いごとに発展することのなきよう和平協定を結び、争いは種火のうちに消していた。

兄弟の仲も、特別よかったわけではないが悪くもなく、平穏《へいおん》な日々を過ごしていた。

そんな日常が一変したのは、弟の一人が魔女の血族の娘《むすめ》を妻にしたいと望んだことによる。

貴族と魔女の婚姻《こんいん》は、認められん。どうしても妻としたければ、『魔女』の血を抹消《まっしょう》して『人』となることが条件だった。

そのためには、特殊《とくしゅ》な魔術を受けなければならない。伴侶《はんりょ》として望む人間を媒体《ばいたい》にするが、命をかけた危険な術だ。

危険だとわかっていながら、愛した娘を妻としたい弟は自らを差し出し……命を落とした。

「愛などという不確かなもののために命をかけるなど、愚《おろ》かな」

弟の亡骸《なきがら》を前にそう言い放ったことで、伴侶となるべきだった魔女の娘の怒《いか》りを買った。

無慈悲《むじひ》な言葉が、自分のせいで命を落としたと嘆《なげ》き悲しみ、精神を乱していた娘の逆鱗《げきりん》に触れたのだろう。

理性を失って暴走し、「愛を知らないくせに愛を愚かと言うか」と涙《なみだ》を流しながら、己《おの》が命と引き換《か》えの禁術である呪《のろ》いをかけた。

城から無関係の者を逃《のが》すことだけは許され、城と共に『永遠の呪い』を受けた。獣《けもの》に身を落とし、不老不死となり……城に囚われて出口のない時の回廊《かいろう》を彷徨《さまよ》う。

城は時を止め、同じ一日を繰《く》り返す。

時おり、時空の狭間《はざま》から迷い込んでくる人間により、魔狼《まろう》王『フェンリル』と呼ばれるようになった。

そこでフェンリルが言葉を切ると、シン……と沈黙が流れる。

黙《だま》って話を聞いていた乃依流は、なにからどう言い出せばいいのか迷い……一番に思い浮《う》かんだ感想を、そろりと口にした。

「八つ当たり……だよね」

この一言が正しいかどうかは、わからない。当事者である魔女の娘がこの場にいれば、無神経な発言だと乃依流も罰《ばつ》を受けたかもしれない。

けれど、『永遠の呪い』をかけられるほどの暴言だとまでは、思えなかったのだ。

乃依流の言葉に、フェンリルはひっそりとした笑《え》みを浮かべた。

「そうだな。だが、自業自得《じごうじとく》だ。愛を知らない俺が、自らを捧《ささ》げてもいいと望むほどの純粋《じゅんすい》な愛を冒瀆《ぼうとく》したことが許せなかったのだろう」

この仕打ちに納得《なっとく》しているわけではなくても、愛をけなしたのは自らの罪だったと認めているらしい。

蠟燭《ろうそく》の炎《ほのお》に照らされたフェンリルの横顔からは、感情を窺《うかが》うことができなかった。

「愛を知った時に懊悩《おうのう》すればいいと言い残した魔女の声が、今も耳の奥にこだましている」

「愛を知った時？」

奇妙《きみよう》な言い回しではと感じた乃依流は、目をしばたたかせた。

呪いをかけられた時点で、既《すで》に懊悩は始まっていると思うのだが……。

「呪いを解くには、愛した人間が必要らしいからな。呪いを解くための、小さな手掛《てが》かりだ。理性をほんの少し残した娘による、ひとかけらの慈悲らしい」

「抽象《ちゆうしよう》的だなぁ。愛……か」

フェンリルが眺《なが》めているのと同じ、燭台《しよくだい》に並ぶ蠟燭の炎を目に映して首を傾《かし》げる。

彼の呪いを解くのに必要なのは、愛した人間の存在。でもそれは、フェンリルを懊悩させることになる？

過去のフェンリルと魔女のやり取りを直接見聞きしたわけではないので、呪いを解く手掛かりだと聞いても糸口さえ見つからない。

「独りで長い時を生きる俺は、愛を知る機会もない。愛とはなんだ。身を投げ出すほどの、激情か？」

つぶやきは独り言で、乃依流へ問うたわけではないのだろう。けれど、黙殺することはできなかった。

愛を知らないと零《こぼ》すフェンリルは、たまらなく淋《さび》しそうに見えて胸の奥が痛い。

「それは……おれも、知ってるとは言えないかな。たぶん、おれが恋《こい》だと思ったことのあるものとは、全然違《ちが》う」

わからないと言いつつ、乃依流には未知の感情だということだけは確かだ。

幼稚園《ようちえん》の先生や小学校の同級生に感じたほのかな好意は、きっと恋未満の蕾《つぼみ》でしかない。

「他《ほか》には？　呪いを解くのに必要なのは、愛した人間だけ？」

「……そうだな」

答えまでにわずかな間があったのは、フェンリルが他にもヒントらしきものを握《にぎ》っているからでは？

それを……乃依流には言えない、もしくは言いたくないと拒絶《きょぜつ》された気分だ。

「なんにしても、愛を知る術《すべ》などない」

淡々《たんたん》と口にしたフェンリルは、なにもかも諦《あきら》め切っている表情だ。

ここから出られないことも、呪われた身であることも、逃れられない運命なのだと受け入れているように見える。

フェンリルは、この城に囚《とら》われていると言っていた。でも、乃依流はこうして城の中にいるし……。

「さっきの、銃《じゅう》を持った人はなんだった……？　ここで、フェンリル以外に逢《あ》ったのは初めてだ」

霧《きり》の中から突如《とつじょ》現れて、フェンリルを攻撃《こうげき》してきた人を思い出す。猟銃《りょうじゅう》を持ち……ヘッドライトを装着していた。

フェンリルのことを『魔物』と呼んでいたのだから、乃依流のように『城』とそこに住むと言われている『フェンリル王』の伝説を知っていたに違いない。

突如現れた理由もわからないし、霧の中に消えたことも不思議だ。

秘密というわけではないらしく、フェンリルはあっさりと乃依流の疑問に答えた。

「霧の夜にだけ湖に架《か》かる、石橋だ。俺は渡《わた》れないが、外の世界とここを繋《つな》ぐ。この城を目指す人間の目にだけ映り、渡ることができる。城に財宝が隠《かく》されているとでも語り継《つ》がれているのか、時おり『魔物』の討伐《とうばつ》と財宝を手に入れることを目的とした人間が迷い込んでくる。ただし、ノエルが見たように俺に武器は通用しない。軽く脅《おど》しただけで逃《に》げ帰る、臆病《おくびょう》者ばかりだ」

ふん、と嘲笑《ちょうしょう》するフェンリルは、これまでどれほどの侵入《しんにゅう》者を追い返してきたのだろう。

湖に架かる石橋は、霧の夜にしか出現しない。……だから、霧の夜に出て行けと繰《く》り返し乃依流に言っていたのか。

「おれは、フェンリルを討伐しようとか財宝を手に入れようとか、考えたこともない。でも、石の橋が見えて渡ることができた」

それも、たぶん……子どもの頃《ころ》の記憶《きおく》が間違っていなければ、これで二度目だ。八歳の時は、祖母から『フェンリル王』の話を聞いたばかりだった。森を彷徨いながらそれを思い出していたから、たまたま石橋が見えたのかもしれない。

今の自分が、ここに辿《たど》り着いた理由は……現実からの逃避《とうひ》だと思えば、わからなくはない。大人には「夢だ」と言われた過去の記憶が、決して悪いものではなかったこともあって再び城に迷い込んだのだろう。

「長らく城に留《とど》まっているが、おまえのような奇妙な人間は初めてだ。呪われた俺の姿を目にしても、悲鳴を上げないどころか綺麗《きれい》だなどと言う。誰《だれ》もが、禍々《まがまが》しい魔物だと恐怖《きょうふ》に慄《おのの》くのに……」

そう口にしたフェンリルは、隣《となり》に腰《こし》かけている乃依流を不思議そうな目で見下ろす。

ゆらゆらと揺《ゆ》れる蠟燭の光が、蜂蜜《はちみつ》色の瞳《ひとみ》と金茶色の髪《かみ》、狼《おおかみ》の耳を照らしている。フェンリルは奇妙だと言うけれど、乃依流はやはり綺麗だと感じる。

「フェンリルは綺麗だよ。優《やさ》しいし。ずっと……ここで、独りでいたんだよね。何十……何百年も？」

フェンリルの語った、『過去』がいつの時代なのか、乃依流にはわからない。ただ、この城に電気がないことや調度品、飾《かざ》られている絵画などで二百年か三百年か……気の遠くなるような時間の中に留まっているのだろうと、想像するしかできない。

「どれほどの時が経《た》ったのかは、知らん。時おりやってくる人間の衣服や、見たことのない持ち物で、長い時が流れたのだろうと推測するのみだ」

フェンリル自身にも、時間の経過は把握《はあく》できないようだ。同じ一日を繰り返しているのなら、当然だろう。

ずっと、独りきりで逃れる術がない……たまに訪《おとず》れる人がいても、『魔物』だと武器を向けてくる。

フェンリルを雁字搦《がんじがら》めにするその孤独《こどく》は、どれほどのものだろうか。

「淋《さび》しい……？」

自然と口から零《こぼ》れ落ちた一言は、空虚《くうきょ》な響《ひび》きだった。零した直後、無神経なつぶやきを後悔《こうかい》する。

淋しくないわけがない。

乃依流は、誰にも干渉《かんしょう》されることなく自由気ままに生きたいと思ったけれど、それが『永遠』に続くとなると尻込《しりご》みしてしまう。

「ごめ……ん。淋しくて、当然だ」

返事のないフェンリルを見上げて、「ごめん」と謝罪を重ねた。

乃依流と視線を絡《から》ませたフェンリルは、無神経な台詞《せりふ》に怒《いか》りを見せるでもなく……感情を窺うことのできない、無表情だ。

謝罪する乃依流を見下ろして、未知のなにかが降ってきたかのように、どこか不思議そうな様子で目を瞬《しばたた》かせる。

「何故《なぜ》謝る？」

「……だ、って」

フェンリルは、淋しいという感情を忘れてしまったのだろうか。それとも、すべての感情から目を背《そむ》けて封《ふう》じ込め、なにも感じないようにすることでかろうじてここにいられるのかもしれない。

深すぎる孤独と絶望は、乃依流にはわからない。ただ、胸が苦しくて……なに一つ声にならない。

「ノエル？　どうした？」

「ッ……」

どうした？　なにが？

不思議そうに尋《たず》ねてきたフェンリルが、指先で乃依流の頰《ほお》に触《ふ》れ……指の腹に乗せた、透明《とうめい》な雫《しずく》を見せてくる。

それで初めて、自分が涙《なみだ》を零しているのだと知った。

「苦し……っ、悲しい。フェンリルが、淋しいって思わないことが……」

自分がなにを言いたいのか、フェンリルになにを伝えようとしているのか、上手《うま》く言葉にならない。

頭の中がぐちゃぐちゃで、喉《のど》の奥に言葉が詰《つ》まる。

「……ごめん。なに言ってんだろ、おれ」

結局、子どものように「ごめん」と繰り返してフェンリルの袖《そで》を掴《つか》んだ。左腕《ひだりうで》に頭を押しつけて、確かな存在を感じる。

ここにいるのに、存在しないもののように時の狭間《はざま》に閉じ込められている。稀《まれ》に姿を見た人には、『魔物』だと呼ばれて恐《おそ》れられる。

魔物などではない。八歳の乃依流も、今の乃依流も、この人に救われたのに……自分には、なにもできない。

もどかしくて、苦しくて、声にならない。

腕に縋《すが》りつき、自分のぬくもりを分けることで、ひとかけらでも伝えることができればいいのに。

「おまえは本当に、妙《みょう》な人間だ。魔物のために涙を流すなど……」

静かにそう言ったフェンリルの腕に、ますます強くしがみつく。どう言い返そうかと考えるまでもなく、かすれた声で反論した。

「魔物なんかじゃない。そんなふうに言うな。馬鹿《ばか》っ」

「馬鹿、か。俺にそのような言葉を投げつけるのも、おまえだけだな」

ギュッとしがみつく乃依流の髪に触れてきたフェンリルの声には、わずかな笑《え》みが混じっている。

涙声で「馬鹿」と言われたのに、楽しそうだなんて……どうしてだろう。

恐る恐る顔を上げて、フェンリルを窺《うかが》う。やはり、唇《くちびる》に微笑《びしょう》を滲《にじ》ませて乃依流を見下ろしていた。

蜂蜜色の瞳を見詰めた乃依流は、こんなに優しい目をしているのに……と、もどかしさを募《つの》らせる。

「呪《のろ》いを解く方法は、愛のヒント以外に本当にない？」

乃依流から目を逸《そ》らしたフェンリルは、ボソッと低くつぶやいた。

「知らん」

蠟燭《ろうそく》の炎《ほのお》を眺《なが》める端整《たんせい》な横顔には表情がなく、なにを思っているのか乃依流に読ませてくれない。

知らんという短い一言が、事実か否《いな》かもわからない。

「じゃあ、おれが見つける。フェンリルの呪いを解く方法」

そう言ったけれど、乃依流も呪いを解くための『愛』など、どうやって探せばいいのか見当もつかない。

フェンリルに呪いをかけたという当事者に、呪いを解く具体的な方法を聞くことができればいいのに。

「愛……愛、かぁ」

　まさか、おとぎ話によくある『王子様のキス』などで呪いが解けるわけでもないだろうし、万が一それが通用するとしてもフェンリルを愛してくれる『お姫様《ひめさま》』を連れてこなければならないだろう。非現実的な手段だ。

　フェンリルも、乃依流が呪いを解く方法を見つけられるとは思えないのだろう。

「……しゃべりすぎたな」

　そう零してこちらを一瞥《いちべつ》したフェンリルは、縋りついていた乃依流の手を引き離《はな》すと、腰かけていたベッドから立ち上がった。

「あ……」

　反射的に伸《の》ばした右手はフェンリルに届かなくて、力なくベッドに下ろす。

　フェンリルを見上げる乃依流は、今にも泣きそうな、頼《たよ》りない顔をしていたのだろう。

「もう休め」

　チラリと乃依流を見遣《みや》って小さく息をついたフェンリルは、乃依流の腕に巻いてある白い布を軽く撫《な》でてそれだけ口にすると、即座《そくざ》に背を向けて廊下《ろうか》に出て行く。

「フェンリル」

　呼びかけても、振《ふ》り向いてくれなくて……サイドテーブルに残された燭台《しょくだい》と、そこに灯《とも》された蠟燭の炎をぼんやりと目に映した。

この炎を見詰めていた、蜂蜜《はちみつ》色の瞳《ひとみ》を思い浮《う》かべる。

淋しい？　という乃依流の問いを、フェンリルは黙殺《もくさつ》するのみだった。淋しさを認めるものかと、頑《かたく》なに拒《こば》んでいたようにも見える。

「おれが、できることは……なんだろう」

自問に対する答えは、どんなに考えても「わからない」の一つだけで、なにもできない自分への不甲斐《ふがい》なさともどかしさに足元へ目を向けた。

《六》

明かり取りの小窓から朝陽《あさひ》が差し込む廊下を歩き、すっかり馴染《なじ》んだダイニングに入る。

大きなテーブルには、いつもと同じ籠《かご》に盛られたパンと新鮮《しんせん》なフルーツ、チーズなどが並べられていた。

フェンリルが言うには、乃依流が口にしても翌朝にはすべて元に戻《もど》るらしい。言われてみれば、置かれているものもその位置さえも、常に同じだった。

夜のあいだに燃え尽《つ》きているはずの蠟燭が、朝には真新しいものへとなっている理由も、城の中では時間が繰《く》り返されているせいか。

身の回りにあった様々な違和感《いわかん》の正体を知った今では、不思議であることに違《ちが》いはないけれど納得《なっとく》はできる。

「食べさせてもらっておいて文句は言えないけど、同じものばかりだとさすがにちょっと飽《あ》きるなぁ。おれが、野菜や調味料を使ってスープとか作っても……明日《あした》になれば、食材に戻るのか？」

チーズを挟《はさ》んだパンを齧《かじ》りながら、思いつきをつぶやく。

城内をうろつき、この奥に厨房《ちゅうぼう》があることを知っている。調理道具なども揃《そろ》っていたようなので、スープくらいなら作れないこともないだろう。

「あとで、試《ため》してみよう。フェンリルは、お腹《なか》が空《す》くこともないから食事をしないって言ってたけど、食べられないわけじゃないだろうし」

まったく眠《ねむ》らないわけではないようだが、不老不死だというフェンリルは睡眠《すいみん》も食事も必要ないらしい。

けれどそれは、人としての休息や楽しみを奪《うば》われていることにもなるわけで、正《まさ》しく呪いだ。

無限の時間を独りで過ごす……その心情は、想像すらできない。

「フェンリルがいるのは、たぶんあそこだろうな」

腹ごしらえを終えた乃依流は、ダイニングを出て部屋へ戻る。

ベッドサイドのテーブルに置いてあるスケッチブックとペンケースを手に取ると、窓の外に目を向けた。

雲一つない、快晴だ。湖に水鳥が遊びに来るかもしれないし、庭の隅《すみ》で見つけた蔓薔薇《つるばら》もそろそろ咲《さ》いているだろう。

スケッチブックを胸元《むなもと》に抱《かか》えた乃依流は、「よし」と気合いを入れて部屋を出る。ゆっくりと廊下を歩き、玄関《げんかん》ホールを通り過ぎて、これまで足を踏《ふ》み入れたことのない地下へと続く階段を目指した。

好きにしろと言われた城の中は、ひと通り見て回った。立ち入ったことがないのは一ヵ所だけ、地下牢《ちかろう》があると聞かされていた最深部のみだ。

昼間は気配さえ感じず、日が落ちてからでなければ姿を見せないフェンリルが日中を過ごすとしたら、そこしかないだろう。

覚悟《かくご》を決めて階段の上部に立った乃依流だが、地下の暗がりに続く石段を前にして動きを止めた。

「うぅ……やっぱりちょっと、不気味かも」

昼間なのに、階段の先はほとんど見えない。ひんやりとした空気が足元から立ち上り、ますます足を踏み入れ難《がた》い。

燭台の蠟燭を一本でも持ってくるべきだったかと思ったが、ライターなどがないせいで乃依流は火を点《つ》けられないのだから、蠟燭があっても無意味か。

「でも、たぶん……絶対、ここにいる」

この先にフェンリルがいると確信しているから、迷いを投げ捨てて地下へ続く階段に一歩踏み出した。

一段ずつ、慎重《しんちょう》に下りていく。石の壁《かべ》に手を当てると、じっとりと湿《しめ》っていて冷たい。

階段がどこまで続いているのかもわからず、縋《すが》るものを求めるかのようにスケッチブックを抱える手に力を込めた。

真っ直《す》ぐかと思っていたら、壁についた手に曲がり角らしきものの存在を感じる。前方に蹴《け》り出したつま先が石壁にぶつかり、足の裏で石段の先を探《さぐ》った。

「踊《おど》り場？　左に曲がるのかな」

壁に触《ふ》れた手の感覚と足元に触れる床《ゆか》の凹凸《おうとつ》を頼りに身体《からだ》の向きを変えると、ほぼ暗闇《くらやみ》だった視界がぼんやりと薄明《うすあか》るくなった。

わずかな灯《あか》りでも、今の乃依流には明確な道標《みちしるべ》だ。足元の段も、躊躇《ためら》わずに歩くことができる程度には見える。

階段を下り切ると、更《さら》にハッキリと視界が明るくなった。

「地下だけど、完全な地下じゃないのか。明かり取りと、空気の循環《じゅんかん》を目的とした小窓があるのかな」

どうやら、半地下になっているらしい。

石壁の上部にぽつぽつと隙間《すきま》が設けられていて、光が差し込んでいる。風も感じるので、外の空気を取り込む目的もあるようだ。

「鉄格子《てつごうし》、ってことは……本当に牢屋だったんだ」

錆《さ》びた鉄格子の隙間から恐《おそ》る恐る覗《のぞ》いた空間は、真っ暗だ。フェンリルが語った通り、かつて牢として使われていたのは事実らしい。

廊下《ろうか》の先に進み、奥の牢を覗いて……ギクッと動きを止めた。

先ほどと同じくらいの広さの空間だったが、石壁の穴から光が差し込んでいるおかげで奥まで見て取れる。

角の部分にクッションのようなものが置かれて、その上に金茶色の毛に覆《おお》われた大きな狼《おおかみ》が伏《ふ》せていた。

足音等で、近づいてくる乃依流の存在には早くから気づいていたのだろう。頭を上げて大きな耳を立て、ジッとこちらを見詰《みつ》めている。

いた、と心の中でつぶやく。トクトクと、心臓が猛《もう》スピードで脈打っているのを感じた。

コクンと喉《のど》を鳴らして高揚《こうよう》を抑《おさ》えると、開け放された鉄の扉《とびら》に手をかけて震《ふる》えそうになる唇《くちびる》を開いた。

「……フェンリル」

乃依流の呼びかけには、無反応だ。

でも、目の前の狼がフェンリルだということには確信があった。湖のほとりで灰色の狼に襲《おそ》われそうになった際、助けてくれた狼に間違いない。

「こんなところに、ずっといたんだ。……おれのせい？　おれがいるから、こうして身を隠《かく》していたんだよね。もう知ってるから、隠れる必要はないのに」

乃依流がいなければ、暗い地下牢に身を隠す必要などないだろう。きっと、乃依流が城に居座るまでは、きちんとしたベッドで休んでいたはずだ。

獣《けもの》の身を晒《さら》して乃依流を驚《おどろ》かさないよう、ここでひっそりと夜を待っていたのかと思えば、苦しくて堪《たま》らなくなった。

やはりフェンリルは、冷酷《れいこく》な魔物《まもの》などではない。冷たいふりをしているけれど、本当はすごく思いやりのある人だ。

動こうとしないフェンリルに、どう呼びかければいいのか迷い、小さく「出てきてよ」と懇《こん》願《がん》する。

「今日は、すごくお天気がいいし……お願いがあるんだ。城の裏庭を案内してほしいな、って思って。あと、フェンリルが嫌《いや》じゃなければ絵を描《か》かせてもらえないかな。金茶色の大きな狼、すごく格好いいから」

思いつくまま口にする乃依流を、フェンリルは動くことなく見ている。

声が聞こえていないわけがないし、狼の姿だからといって乃依流の言葉を理解できないわけでもないはずだ。

証拠《しょうこ》に、『格好いい』と言った時にほんの少し尻尾《しっぽ》が揺《ゆ》れた。

「ここで一緒《いっしょ》にいたいくらいだけど、フェンリルには迷惑《めいわく》だろうから、外で待ってる」

フェンリルが出てきてくれないのなら、牢の中にまで押しかけて隣《となり》に寄り添《そ》っていたいと思った。

けれど、そんなことをしても疎《うと》ましがられるだけだとわかっている。なによりフェンリルに、太陽の光が降り注ぐ庭へ出てきてもらいたかった。

「玄関扉《げんかんとびら》のところで、待ってるから」

そう言い残した乃依流は、後ろ髪《がみ》を引かれるとはこのことか……と思いながら、フェンリルのいる牢を後にした。

薄暗い廊下を引き返して、真っ暗な階段を上る。下りる時は恐怖《きょうふ》と不安に耐《た》えていたのに、今は不思議なくらい怖《こわ》さを感じない。

きっと、フェンリルの姿を目にしたからだ。

罪人の怨霊《おんりょう》が暗い地下を彷徨《さまよ》っているのではなく、あの美しい狼がいるのだと知ったことで、乃依流にとって怖い空間ではなくなった。

軽《かろ》やかに石段を上がっていたけれど、調子に乗ったせいで注意力が散漫《さんまん》になって躓《つまず》いてしまった。

「ッ……ぅわっ」

かろうじて踏み止《とど》まり、転ぶことは回避《かいひ》した。ただ、持っていたスケッチブックとペンケースを床に落としてしまう。

カツンと石の階段に音が響《ひび》いたけれど、どこに落ちているのか見えない。

「どこだ。つーか、おれ……同じことを二度やるって、馬鹿《ばか》だろ」

同じようなことを、ここに来てすぐの時にもやってしまったな……と思い起こしながら、手けられない。

探りでスケッチブックとペンケースを捜《さが》す。

　サイズの大きなスケッチブックは、すぐに指先に触れた。でも、ペンケースがなかなか見つけられない。

「んー……ペンケース……どこいった」

　しゃがみ込んで両手を彷徨わせていると、なにか柔《やわ》らかいものが左手の甲《こう》を撫《な》でた。ビクッと手の動きを止めて、様子窺《うかが》いをする。

　グイっと手に押しつけられた布の感触《かんしょく》と形状からして、捜していたものがあちらからやって来た……わけがない。

「これ、おれのペンケース？　えーと……フェンリル？」

　ペンケースが歩いてくるわけがないのだから、誰《だれ》かが拾ってくれたのだ。誰か……など、フェンリル以外にいない。

　転んだ音が聞こえて、心配して来てくれたのだろうか。

　しゃがみ込んだままの乃依流は、ペンケースを握《にぎ》って気配を窺う。

　そろりと伸ばした右手に、ふさふさとした毛が触れた。手のひらに確かな存在を感じたと同時に、乃《の》依流を誘導《ゆうどう》するかのようにゆっくりと動き出す。

　恐る恐る足を動かして石段を上がると、踊り場の角を曲がったところでぼんやりと視界が明るくなる。

乃依流が右手で触れているのは、大きな狼の背中だった。

「やっぱりフェンリル。……ありがとう」

小声でお礼を告げても、振《ふ》り向かない。ただ、たっぷりとした毛に覆われた尻尾がゆらりと振られた。

石の階段を上り切ったところで、もう用はないだろうとばかりにフェンリルが数歩先を歩いていく。

「待って。このまま、庭を案内してよ。おれはフェンリルの正体を知っているんだから、隠れなくていいよね？」

呼びかけると、チラリとだけ振り向いて廊下を進む。

やはり、ダメか……と落胆《らくたん》しかけた乃依流の目に、玄関ホールのところで立ち止まるフェンリルの姿が映った。

こちらに身体を向け、まるで乃依流が追いつくのを待ってくれているみたいで……落ち込みかけていた心が、途端《とたん》に高揚する。

小走りで玄関ホールに向かうと、乃依流が追いつきそうになったところで踵《きびす》を返して庭へと出て行く。

「フェンリル。ついて行くから！」

逃《に》げられたのではなく、ついて来いと促《うなが》されているのだと自分に都合よく解釈《かいしゃく》してそう宣言すると、フェンリルの後を追った。

□　□　□

「フェンリルは綺麗《きれい》だなぁ。耳の大きさも、頭の形も、全体的なスタイルのバランスがいいのか……人間の姿も気品と貫禄《かんろく》のある王様って感じだけど、狼としても強くて格好いい王者って雰囲気《ふんいき》だ」

乃依流は膝《ひざ》の上に広げたスケッチブックに鉛筆《えんぴつ》を走らせながら、目の前で座っている金茶色の狼を褒《ほ》めちぎる。

背景は、大輪の花を咲《さ》かせた白薔薇《しろばら》だ。

「子どもの頃《ころ》から、大きな犬を飼うのが夢だったんだよな。父親が動物嫌《ぎら》いで許可が下りなかったから、近所の犬を触《さわ》らせてもらって……」

狼《おおかみ》の姿をしたフェンリルからの返事はないけれど、きちんと乃依流の話を聞いてくれていることはわかる。大きな耳が時おりピクピク震《ふる》えているし、「綺麗だ」とか「格好いい」と褒めれば尻尾がかすかに揺れるのだ。

地下牢《ちかろう》に身を潜《ひそ》めていたフェンリルを探《さぐ》り当てた日から、三日連続で「庭へ出よう」と押し掛《か》けた。

黙殺《もくさつ》されても引き下がらず、執拗《しつよう》に頼《たの》み込む乃依流に根負けしたのか、渋々《しぶしぶ》ながら庭でのスケッチにつき合ってくれるようになったのだ。

城の裏庭は予想より広く、フェンリルの案内で散策する時間はピクニックのようで楽しかった。

湖を泳いで渡《わた》るのか、野生のトナカイに遭遇《そうぐう》することもあって、乃依流のスケッチブックは珍《めずら》しい動植物で埋《う》まりつつある。

フェンリルは、城の内部は時間がループして同じ一日を繰《く》り返していると言っていたけれど、乃依流が持ち込んだものはそのループから外れているらしい。

風が吹き抜《ふぬ》け、空を見上げる。夕暮れが近づいているのか、空の一部がラベンダー色に変わりつつあった。

「フェンリル、えっと……触ってもいい？」

膝に載《の》せていたスケッチブックを草の上に置くと、座っているフェンリルにジリッと距離《きょり》を詰《つ》める。

淡《あわ》い蜂蜜《はちみつ》色の瞳《ひとみ》が、こちらを見ている。乃依流が恐《おそ》る恐る手を伸ばしても、動くことなく視線を向けてきた。

歓迎《かんげい》はされていなくとも、拒絶《きょぜつ》されているわけでもないと受け取って指先で耳に触《ふ》れる。

「わっ、ごめん。くすぐったかった？　んー……毛がふかふかで、気持ちいい」

耳が大きく震えて、パッと手を離《はな》す。もう一度、今度は首筋に手のひら全体で触れてゆっくりと撫でた。

寒冷地仕様の毛皮なので、毛足が長い。指が半分近く毛に埋《うず》まり、指先にぬくもりが伝わってくる。

野性美溢《あふ》れる、精悍《せいかん》な獣《けもの》だ。フェンリルでなければ、こうして狼に触れることなど絶対にできなかった。

「三匹《びき》のこぶたも、赤ずきんも、狼って悪者にされることが多いけど……なんでだろ。こんなに綺麗で格好いいのに」

乃依流の知るおとぎ話では、狼が『悪』の象徴《しょうちょう》のように描《えが》かれていることが多い。フェンリルも、『狼の姿の魔物《まもの》』と言い伝えられていて、悪いものだと決めつけられているのはなんだか悔《くや》しかった。

しばらくフェンリルの背中を撫でていた乃依流は、思い至った『もしかしたら』を実行するべくフェンリルの頭を両手で挟《はさ》み込んだ。

「ここしばらく、考えてたんだけど……おとぎ話の呪《のろ》いを解く方法って、たいてい決まってるんだよね」

視線を絡《から》ませて語る乃依流の思惑《おもわく》は、曖昧《あいまい》な言い回しも相まって読み取れないらしい。こちらを見ている蜂蜜色の瞳は、不思議そうだ。

乃依流が提案してもきっと一蹴《いっしゅう》されるという予想がついたので、不意を打たせてもらうことにした。

フェンリルの頭を両手で挟んだまま顔を寄せて、鼻先に軽く唇《くちびる》を押しつける。フェンリルは、微動《びどう》だにせず乃依流を目に映していた。思いがけない行動に驚《おどろ》き、硬直《こうちょく》しているのかもしれない。

「んー……ダメかな」

しばらく見つめていたけれど、フェンリルに変化はなかった。

おとぎ話のように、キスであっさりと呪いが解けるわけではないらしい。それとも、お姫様《ひめさま》のキスではなく乃依流だから無効だったのだろうか。

あとは……『愛』が足りない？

「あ、もう少しで日が暮れる。フェンリルの毛が夕焼け色だ」

ラベンダー色だった空がいつの間にか茜色《あかねいろ》に移り変わっていて、金茶色のフェンリルの身体《からだ》が空と同じ色に染まる。

「そういえばフェンリルって、どのタイミングで変化す……る」

頭上を仰《あお》ぎ、フェンリルが人の姿に戻《もど》るのはどのタイミングなのかと尋《たず》ねながら視線を戻すと……そこにいたのは、金茶色の毛皮を纏う狼ではなかった。どんな仕組みなのか、見慣れた服をきっちり着ていて襟元《えりもと》の乱れもない、風格漂《ただよ》う端整な青年だ。

髪《かみ》の色と蜂蜜色の瞳は同じだけれど、乃依流より目線の位置が高い。

狼の時は、触れてもキスをしても、特別な感情は湧《わ》かなかった。でも、端整な容貌《ようぼう》の青年にジッと見詰められると落ち着かない。

乃依流と視線を絡ませたフェンリルは、無表情で口を開いた。

「さっきのはなんだ」

「さっきの、って……あ、あれはおとぎ話だったら、たいていキスで呪いが解けるなって思って試《ため》してみたけど、お姫様じゃないおれじゃダメなのかも」

静かに問われて、しどろもどろに言い訳を口にする。

今になって、心臓がドキドキしてきた。

狼の姿だったから躊躇《ためら》いなくキスをしてしまったけれど、許可を得ずに思い付きを実行したのは失敗だった。

フェンリルにとってみたら、不届きなキス泥棒《どろぼう》かもしれない。

「ごめんなさい」

怒《おこ》っているかと、うつむいて謝罪する。なんだと問う低い声からは、感情を窺《うかが》えなかった。

でも、不快に思われて当然で……。

「謝罪は必要ない。あまりにも褒めるから、情熱的に口説かれている気分だった」

身を小さくする乃依流に、フェンリルは思いがけないことを言い放った。

冗談《じょうだん》……だろうか。

そろりと見上げたフェンリルは真顔で、なにを思っての発言なのか読み取ることはできなかった。

ただ、耳の奥で響《ひび》く心臓の音がやけに大きく感じる。目を合わせていると、どんどん動悸《どうき》が増して息苦しくなってくる。

「口説くっていうか、フェンリルが綺麗な狼なのは本当のことだし……」

ぼそぼそ口にしながら、ぎこちなく目を逸《そ》らす。

青々とした草に視線を落とすと、大きな手に頬《ほお》を包まれて肩《かた》を震わせた。顔を上げるよう促され、再び視線を絡ませる。

「あ……の」

なにか言わなければ、と思うのに言葉が出てこない。澄《す》んだ蜂蜜色のフェンリルの目に映る自分は、どんな顔をしているのだろう。

全身が熱い。頬が紅潮しているかもしれないけれど、夕焼けのせいにして誤魔化《ごまか》すことができればいい……。

「呪いを解くために、か。子どもの接吻《せっぷん》だな」

そう言ってクスリと笑ったフェンリルは、狼狽《うろた》えて言い訳をした乃依流をからかっているのかもしれない。

「だ……ったら、フェンリルが大人のキスを教えて」

頰に当てられたフェンリルの手の甲《こう》に自分の手を重ねて、ぽつりと口にする。

子ども扱《あつか》いされて、からかわれたことが悔しい。

何百歳なのか想像もつかないフェンリルから見れば、乃依流などヨチヨチ歩きの子どものようなものだと頭ではわかっている。けれど、まったく意識されていないと突《つ》きつけられると心臓がズキズキする。

フェンリルの眼中にもないのかと思えば、こんなに苦しい……のは、どうして？

「喰《く》われたいのか？」

「……いいよ」

牙《きば》を見せつけて脅《おど》しているつもりかもしれないが、乃依流は怯《ひる》まずフェンリルの手のひらに頰を擦《す》り寄せた。

乃依流の顔に触れているフェンリルの指が、ビクッとかすかに震える。

離れていくのは許さないとばかりに、ギュッとフェンリルの手を握《にぎ》って蜂蜜色の瞳を見据《みす》えた。

「そんなに無防備になるな」

乃依流を見下ろしてぽつりと口にしたフェンリルは、何故《なぜ》か苦しそうだ。乃依流は、フェンリルの指先に唇を押しつけて微苦笑《びくしよう》を滲《にじ》ませた。

「魔物だと恐れられて、逃《に》げられたほうがいいなんて、変なの」

「俺なんかに身を預けて、そんな顔をするな。ノエル……」

そう言いながら唇を辿《たど》る指に、「くすぐったい」と微笑して瞼《まぶた》を閉じた。そうして視覚を封《ふう》じると、触れられる感覚が鋭《するど》くなる。

頬に感じるフェンリルの手は、あたたかくて……優《やさ》しい。

ああ……好きだな、と。

自然と胸の中に『好き』が落ちて、波紋《はもん》のように広がっていく。

「逃げろ」

「……逃げない」

目を閉じたまま両手を伸《の》ばして、フェンリルの頭を抱《だ》き寄せた。

指に触れる狼《おおかみ》の耳も、綺麗《きれい》で格好よくて、好きだ。そう思いを込めて、指先で毛を掻《か》き分けてそっと撫《な》でる。

「ぁ……」

唇に、やんわりとしたぬくもりを感じて……瞼を震《ふる》わせた。軽く触《ふ》れただけで離《はな》れたと思えば、舌先で舐《な》められてビクリと肩を強張《こわば》らせる。

「ッ！」

反射的に身体を引きかけたけれど、頭の中に「子どもの接吻だ」というフェンリルの声が響いて唇を開く。

濡《ぬ》れた舌先が口腔《こうこう》の粘膜《ねんまく》を辿り、誘《さそ》いかけるように乃依流の舌をくすぐる。牙……尖《とが》っててチクチクする。フェンリルの舌が熱い。きっと、乃依流の舌も同じくらい熱くて……チョコレートのように蕩《とろ》けそうだ。

「ん、ぅ……っ、ぁ」

頭が、ぼんやりとする。心臓が激しく脈打ち、動悸がうるさい。顔だけでなく、身体中が熱くて苦しい。

縋《すが》るものを求めて、夢中でフェンリルの髪や耳を掻き乱した。

「はっ、ッ……ん」

口づけが解かれて耳の下に軽く歯を立てられると、ざわりと肌《はだ》が粟立《あわだ》って小刻みに身体を震わせた。

ハッとしたように、フェンリルが乃依流の肩を摑《つか》んで引き離す。

「フェンリル……？」

「日が落ちると、気温が下がる。外にいると寒いぞ」

顔を背《そむ》けたフェンリルは、乃依流の腕《うで》を摑んで座り込んでいる草から立ち上がらせる。

スケッチブックとペンケースを拾っているあいだに背中を向けてしまったので、どんな顔をしているのかわからない。

ただ、狼の耳と金茶色の毛に覆《おお》われた立派な尻尾《しっぽ》はそのままだ。

「大人のキスでも、ダメみたいだね。まだ、愛が不足しているのかなぁ」

乃依流のつぶやきにも振《ふ》り返ることなく、城へ向かって歩いていく。

乃依流は、のろのろとその後を追いかけながら震える手で口元を覆い、ぽつりと零《こぼ》した。

「おれ、フェンリルのこと……好きなのか」

自覚したばかりの想《おも》いを口にすると、確かなものだと再認識《さいにんしき》する。

でも……乃依流のキスでは、フェンリルの呪《のろ》いを解くことはできなかった。

想いの深さが『愛』に届かないのだと言われているようで、薄闇《うすやみ》の中に見えるフェンリルの後ろ姿をジッと見詰めた。

《七》

太陽が出ているあいだは、狼の姿。日が落ちると、狼の痕跡《こんせき》は耳と尻尾と牙だけになって人の姿に戻《もど》る。

乃依流がそれを知って「もう隠《かく》さなくていい」と伝えてから、フェンリルは地下牢《ちかろう》の跡《あと》で身を潜《ひそ》めることがなくなった。

乗り気ではないにしても城の庭で絵を描《か》く乃依流に付き添《そ》ってくれるようになり、好きなタイミングでフェンリルを描くことができる乃依流は、スケッチブックに優美な狼の絵を着々と増やしている。

「おれがここに来て、どれくらい経《た》ったのかな。何ヶ月もここにいるような気もするし、まだ十日くらいしか経っていない気もする。不思議な感じだ」

手元が暗くなってきて、スケッチブックから顔を上げた。鉛筆《えんぴつ》を握ったまま空を仰《あお》ぎ、日暮れが近いことを示す色に目を細める。

時間の流れが停《と》まっているのは城の中だけで、庭は呪いの影響《えいきょう》を受けないと聞いた通り、晴れの日ばかりではなく雨が降ることもある。

気象の変化が時間の経過を感じる唯一《ゆいいつ》の手段になっていて、同じ一日を繰《く》り返している城の中に籠《こも》っていたら、時間の感覚が麻痺《まひ》しそうだ。

フェンリルを庭に誘う理由は、狼の姿を描かせてもらいたいからということにしてある。でもそれだけでなく、庭に咲《さ》く花や湖にやって来る鳥を目にして、フェンリルに少しでも変化を感じ取ってほしいという思惑《おもわく》もある。

なにもかもどうでもいい、という諦《あきら》め切った目をしていたフェンリルが、乃依流に強引《ごういん》に外へ連れ出されることによって少しずつ気力を取り戻しているように見えるのは、気のせいではないはずだ。

乃依流の独り言に、つい先ほどまで狼の姿だったフェンリルが返してきた。

「……呪われた城に囚《とら》われると厄介《やっかい》だ。今のうちに、元居たところへ戻ったほうがいい」

夕焼けの空を見上げているあいだに、人の姿へと戻ったらしい。狼がいた左隣《ひだりどなり》に目を向けると、青年の姿になったフェンリルが乱れた髪《かみ》を手櫛《てぐし》で整えていた。

繰り返される「出て行け」に乃依流が返す言葉は、決まっている。

「また、それを言う。フェンリルがここから出られないのなら、おれもここにいる。ずっと一緒《いっしょ》にいたい。……フェンリルのこと、好きだから」

蜂蜜《はちみつ》色の瞳《ひとみ》を見詰《みつ》めてそう告げる乃依流に、フェンリルは険しい表情を見せる。

目を逸《そ》らさずにいると、草の生えた地面に視線を落としてぽつりとつぶやいた。

「気の迷いだ」

いつもそう言って、乃依流の『好き』を認めようとしてくれない。でも、撃《う》たれそうになったフェンリルを庇《かば》った際の傷跡に触れてくる手や眼差《まなざ》しから、同じ想いを抱《いだ》いていると伝わってきた。

「なかなか信じてくれないなぁ。おれのキスじゃ呪いが解けないから、『好き』に信憑性《しんぴょうせい》がないのかな」

いろいろ試《ため》してみているけれど、フェンリルの呪いを解く方法は未《いま》だにわからない。数々のおとぎ話に対して、嘘《うそ》つきだと逆恨《さかうら》みしたくなる。

「キスだけじゃ足りなくて、本当の名前を呼びかけないといけないとか？」

「名など忘れた。誰《だれ》にも呼ばれないからな」

フェンリルは乃依流と目を合わせないまま、名前を忘れたと返してくる。そっと見上げた横顔には表情がなく、それが本当のことかどうか読み取ることはできない。

乃依流が傍《そば》にいたいと願うことも、拒絶《きょぜつ》して……帰れと口にするフェンリルは、この先もずっと、永遠に無限の呪いに囚われ続けるつもりなのだろうか。

時おり迷い込む乃依流のような存在や、『魔物《まもの》』の討伐《とうばつ》にやって来る人間、もしくは隠された財産があると信じて盗《ぬす》み出そうとする野心家との、接触《せっしょく》とも呼べない邂逅《かいこう》だけに『生』を実感して……？

乃依流は、軽く頭を振ってフェンリルの『呪い』を思考から追い払《はら》った。

そんな空虚《くうきょ》な時間にフェンリルを取り残して、自分だけ出て行くなんてできない。

「おれがここから出るなら、その時はフェンリルと一緒だから」

フェンリルの腕を摑み、自分一人では出て行かないと宣言する。

チラリと乃依流を見下ろしたフェンリルは、駄々《だだ》をこねる子どもを見るように目を細めて、仕方なさそうに苦笑《くしょう》を滲《にじ》ませた。

「ノエルは頑固《がんこ》だな」

「フェンリルこそ」

ギュッと腕にしがみつき、フェンリルの言いなりになって離れてなんかやらないからと力を込める。

最初は、父親や自分を取り巻くすべてのものからの逃避《とうひ》だった。でも今の乃依流は、元の世界に戻りたくないからここにいたいと望んでいるのではない。

乃依流の意思で、ここに……フェンリルの傍にいることを選択《せんたく》している。

どれだけ言葉を重ねれば、フェンリルに伝わるのだろう。

夜の気配が濃《こ》くなり、空気が湿気《しっけ》を帯びる。夜霧《よぎり》が出そうな気配を察して、立ち上がった乃依流はフェンリルの腕を引いた。

「城に入ろう。寒くなってきた」

霧が立ち込めれば、湖に石橋が架《か》かる。フェンリルは渡《わた》ることのできないその橋が、恨めしい。

なにより、フェンリルとの隔《へだ》たりとなる橋が怖《こわ》い。乃依流が石橋を渡ってここを立ち去ると、再びこの城へ戻ってこられる保証はないのだ。

フェンリルの腕をグイグイと引きながら唇を引き結ぶ乃依流は、泣きそうな顔をしていたかもしれない。

乃依流を見上げたフェンリルは小さく笑い、ゆっくりと立ち上がった。

□　□　□

燭台《しょくだい》の蠟燭《ろうそく》に灯《とも》された火が、ゆらゆら揺《ゆ》れている。

静寂《せいじゃく》の支配する石の廊下《ろうか》に響《ひび》く乃依流の足音は、どれほど押し殺そうとしていてもフェンリルの耳に届いているだろう。

ここだろうと見当をつけていた扉《とびら》の前で足を止めると、軽く拳《こぶし》を打ちつけた。

「フェンリル。ここだよね」

フェンリルは眠《ねむ》る必要がないと言っていたけれど、身体《からだ》を休めるための部屋はあるはずだ。

ここに来てすぐの頃《ころ》、城の内部を散策していた日中に、もともと彼の私室だったと思われる一室を見つけていた。正装をしたフェンリルを描《えが》いた大きな肖像画《しょうぞうが》が飾《かざ》られていたのだから、間違《まちが》いない。

呪《のろ》いを受けるまでは獣《けもの》の要素などない精悍《せいかん》な青年だったのだと、その絵が語っていた。残念ながら、フェンリルの名前が書かれていたと思われる部分は絵の具が削《そ》がれていたので、彼の本当の名前は知ることができなかったのだが。

いつも日が落ちると、燭台を手にしたフェンリルが乃依流の寝泊《ねと》まりしている部屋を訪ねてくる。

だから、乃依流がフェンリルの部屋へ押しかけるのは初めてだ。

しばらく耳を澄《す》ませていても、室内から返事はない。物音ひとつしないけれど、ここにいるはずだと確信を持ってドアノブに手をかけた。

「……入るよ」

入るな、と拒絶されないのだからいいだろう。

無反応をそう自分に都合よく解釈《かいしゃく》して、飾り彫《ぼ》りの施《ほどこ》された重厚《じゅうこう》な扉を開けた。

室内は暗い。乃依流が手に持っている燭台の火が、唯一の灯りだ。

絨毯《じゅうたん》の敷《し》かれた部屋にそろりと足を踏《ふ》み入れて、蠟燭の灯りを頼《たよ》りに視線を巡《めぐ》らせる。

窓の脇《わき》にある椅子《いす》は、無人だ。フェンリルは、カーテンの陰《かげ》に身を隠すようなイタズラなどしないだろう。

この部屋だと思ったが、見当外れだったかと肩《かた》を落としかけたところで、大きなベッドに横たわる人影《ひとかげ》が目に留まった。

……あそこだ。見つけた。

ドクンと、心臓が大きく脈打つ。ゆっくりとベッドサイドに立ち、右手に持っている燭台を小さなテーブルに置いた。

「フェンリル。勝手に入って、ごめんなさい。……起きてるよね」

眠らないと聞いているのだから、乃依流に背を向けてベッドに横たわったフェンリルは、寝ているふりをしているのだ。

恐《おそ》る恐る手を伸《の》ばして、三角形の耳を指先でつついた。

眠っていない証拠《しょうこ》に、ピクッと耳を震《ふる》わせた。それなのに、フェンリルはこちらを振《ふ》り向こうとしない。

小さく息をついた乃依流は、大きな背中に向かって、勝手にしゃべらせてもらうことにした。

「おれ、考えたんだけど……呪いを解くのに、キスだけじゃ『愛』が足りないのなら……おとぎ話に書けないことをしてみるとか。物語の王子様とお姫様《ひめさま》が、キスしかしなかったとは限らないよね」

そろりと耳を撫《な》で、金茶色の髪《かみ》を指に絡《から》ませる。

我ながら、よくぞこんな大胆《だいたん》なことを……と思いながら、シャツのボタンを外した。

緊張《きんちょう》のあまり震える指で、なんとかシャツを脱《ぬ》ぎ捨ててベッドに右膝《みぎひざ》をかける。

ベッドが揺れ、こちらを見向きもしなかったフェンリルも、さすがに乃依流の行動の意味を察したらしい。

「ノエル？　なにを……」

フェンリルは、怪訝《けげん》そうに言いながらこちらに寝返りを打つ。蠟燭の淡《あわ》い光の中、フェンリルの端整《たんせい》な顔を見下ろして口を開いた。

「好きって言ってもフェンリルが信じてくれないから、行動で証明する。呪いが解ければ一番いいけど、ダメでも……ずっと一緒《いっしょ》にここにいる」

一方的に宣言した乃依流は、背中を屈《かが》めてフェンリルにそっと唇《くちびる》を合わせる。

そこまでの乃依流の行動は予想外だったのか、フェンリルは目を瞠《みは》って動きを止めている。

悠然《ゆうぜん》としたフェンリルしか知らなかった乃依流は、自然と微笑《びしょう》を浮《う》かべて本格的にベッドへと乗り上がった。

「おれが嫌《きら》いなら、突《つ》き飛ばして……触《さわ》るなって、拒《こば》めばいい。でも、少しでも好きなら試してみてよ」

「ノエル……おまえのことは」

眉《まゆ》を顰《ひそ》めて名前を口にしたフェンリルは、乃依流の腕《うで》に手をかけて引き離《はな》そうとしたのかもしれない。けれど、指先が二の腕に触《ふ》れたところでふっと力を抜《ぬ》く。

人差し指と中指が、そっと辿《たど》るのは……猟銃《りょうじゅう》の弾《たま》がかすった、傷跡《きずあと》だ。

言葉を切ったフェンリルは、しばらく逡巡《しゅんじゅん》するかのように唇を引き結んで、苦しそうな目で乃依流を見ていた。

互《たが》いの心臓の鼓動《こどう》まで聞こえそうな沈黙《ちんもく》が続いても、乃依流はフェンリルの言葉の続きを待つ。

目を逸《そ》らさない乃依流に根負けしたのか、フェンリルはふっとため息をついて険しい表情を緩《ゆる》めた。

「俺は……おまえが愛《いと》しい。認めよう。だから、離れてくれ」

それは諦《あきら》めたような「愛しい」だったけれど、乃依流は胸の奥が熱いものでいっぱいになるのを感じた。

愛しいと言ってくれた。フェンリルが、初めて自分の感情を乃依流に見せてくれた。

なのに……続く言葉が「離れてくれ」なのは、どうしてだろう。

「なんでっ？　おれはフェンリルを好きだよ。互いに好きなら」

「駄目《だめ》だ。こんな……呪われた身で、おまえを抱《だ》くわけにいかない」

硬《かた》い声でそう言いながら首を横に振ったフェンリルは、縋《すが》りつく乃依流を引き離してベッドに上半身を起こす。

蠟燭の灯火は、人のものではないフェンリルの耳の影をベッドに落とした。

「ダメじゃない。おれは、それでもいい。半分でも、おれがフェンリルの呪いを引き受ける。そうしたら、ずっと一緒にいられるかもしれないし……フェンリルを置いて、おれだけここから出るのは嫌《いや》だ」

フェンリルの肩に手を伸ばして抱きつき、尻尾《しっぽ》を目にしながら必死で訴《うった》える。

身体を重ねることで呪いを引き受けることができるなら、分けてほしい。城に囚《とら》われて永遠に出られないのなら、ここでずっと一緒にいる。

フェンリルが望んでくれさえすれば、それが可能なら……乃依流も永遠に囚われたい。

心から溢《あふ》れそうな想《おも》いを、上手《うま》く言葉にできないことがもどかしい。

離れたくないと想いを込めてフェンリルに抱きついていると、軽く背中を叩《たた》かれた。

「……ノエルが同じ想いなら、呪いから逃《のが》れる術《すべ》がないわけではない。試《ため》したことはないから、確実とは言えんが」

頑《かたく》なまでに拒むばかりだったフェンリルが、これまでと異なる言葉を口にした。

それだけで高揚《こうよう》した乃依流は、勢いよく顔を上げてフェンリルと目を合わせる。

「本当に？　一つでも可能性が……一緒にここを出られる方法があるのなら、試してみよう」

必死で言葉を紡《つむ》ぐ乃依流に、フェンリルはこれまでになく穏《おだ》やかな表情を浮かべて数回うなずく。

「そうだな。おまえの協力が必要だ」

「うん。……うん。どんなことでも、する」

嬉《うれ》しい。フェンリルが呪いから逃れる方法があるかもしれない、ということも……乃依流が協力できるということも。

今までは、乃依流を突き放そうとするばかりだったフェンリルに、どんな心境の変化があったのかはわからない。

でも、少しでも前向きになってくれたのなら、こうして大胆な行動に出た甲斐《かい》があった。

笑《え》みを浮かべてフェンリルを見詰《みつ》めると、乃依流に釣《つ》られたのか珍《めずら》しく微笑を滲《にじ》ませたフェンリルが唇を触れ合わせてくる。

フェンリルを呪いから解放して、囚われた城から共に出る。

数百年もの長い時間、誰《だれ》もしなかった……やれなかったことを、自分ができるかもしれない。

「狼《おおかみ》の耳も尻尾も、綺麗《きれい》で格好よくて、おれは嫌いじゃないから……ちょっとだけ淋《さび》しいけど、フェンリルにとっては呪いだもんな。人の姿を取り戻《もど》そう」

フェンリルの耳を撫でて、本人にとっては忌《い》まわしい呪いだろうけど乃依流は嫌いではなかったと告げる。

フェンリルは複雑そうな顔をして、

「この姿を見てそんなふうに言うのは、おまえだけだ」

と、これまでも幾度《いくど》となく口にした台詞《せりふ》をつぶやく。

乃依流は、ふふっと笑ってフェンリルの背中に手を回した。

フェンリルの耳も尻尾も、狼の姿になった時も……触れたのは、きっと乃依流だけだ。

「全部、おれだけだね」

「……おまえは、初めて逢《あ》った時から特別だ」

フェンリルは乃依流の言葉を否定せずそう口にすると、子どもを宥《なだ》めるようにポンと軽く背中を叩いた。

小さな声は少しだけ淋しそうな響《ひび》きで、これまでフェンリルが閉じ込められていた孤独《こどく》の一端を覗《のぞ》かせる。

もう、独りにしない……と決意を新たにした乃依流は、ギュッと強く広い背中を抱き締《し》めた。

《八》

湿気《しっけ》を帯び、ひんやりとした空気が全身を包む。

立ち込めた霧《きり》のせいで視界が霞《かす》み、足取りが自然と重くなる。

白い霧にぼんやりと浮かぶ、燭台《しょくだい》の蠟燭《ろうそく》の炎《ほのお》が風に揺《ゆ》らぎ……今にも消えてしまいそうだ。

「……フェンリル」

緊張で動悸《どうき》が激しくなり、半歩前を歩くフェンリルに右手を伸《の》ばした。上着の袖口《そでぐち》を指先で摘《つ》まみ、すぐ傍《そば》にいることを実感して安堵《あんど》する。

乃依流の不安な心情は、名前を呼んだ際の消え入りそうな声に表れていたに違《ちが》いない。

「心配しなくてもいい」

右手に燭台を持ったフェンリルは、短くそう口にして左手で乃依流の右手首を摑《つか》んでくる。

大きな手の感触《かんしょく》と体温に、強張《こわば》っていた肩《かた》の力が抜けた。

フェンリルと一緒に、呪《のろ》われた城を出る方法がある。

そう聞かされたけれど、本当だろうか。

きっとフェンリルは、何度も呪いから逃れようと試みているはずだ。これまでは不可能だったのに、乃依流がなにをどうすれば呪いを解けるのか見当もつかない。フェンリルは、詳《くわ》しいことを話してくれず「霧の夜を待て」としか言ってくれなかったのだ。

「呪いを解くのにおれの協力が必要って、具体的にどうしたらいい？　そろそろ話してくれてもいいと思うんだけど」

フェンリルの背中に向かって、そろりと疑問を投げかけた。

視界を霞ませる夜霧の中、掴まれた手首から伝わってくるフェンリルの体温と広い背中が、確かにここにいるのだと感じさせてくれる。

フェンリルは歩みを止めることなく、乃依流に答えた。

「もう少し待て。石橋に着いてから話す」

「わかった」

城から続く石畳《いしだたみ》の小道を歩く乃依流は、ここに来た時に渡《わた》った石橋をぼんやりと思い浮《う》かべる。

フェンリルが言うには、霧の夜のみ対岸と城のある湖に浮かぶ小島とを結ぶらしい。

城を出るつもりのない乃依流は、これまで霧の夜に石橋が架《か》かっているかどうか確かめに行くこともなかったが……。

これまで、フェンリルは渡れないと聞かされていた石の橋に二人で行って……どうするのだろう。

一人で考えていても、疑問ばかり浮かんでくる。フェンリルが、唐突《とうとつ》に『呪い』から逃れようという気になった理由も、ハッキリとわからない。

乃依流の「好き」に心を動かされて……だとしたら嬉しいが、そんなふうに楽観的に自惚《うぬぼ》れてしまってもいいのか？

ぐるぐると思いを巡《めぐ》らせているあいだに、目的の石橋へと到着《とうちゃく》したらしい。足を止めたフェンリルの背中から顔を覗かせて、恐《おそ》る恐る窺《うかが》う。

霧が濃《こ》くて、仄《ほの》かな蠟燭の炎では石橋がそこにあるかどうか明確に視認《しにん》することができない。

「橋……架かってる？」

「ああ」

小声で尋《たず》ねた乃依流に、フェンリルが短く答えた。右手を掴んでいる大きな手に、少しだけ力が増す。

「確かに……石の橋だ」

あり得ないものを見ているかのように、硬《かた》い声だった。握《にぎ》られた手首からは、かすかな震《ふる》えが伝わってくる。

緊張《きんちょう》しているのだろうか。

長く城に囚《とら》われていたというフェンリルには、これまで橋の存在を目に映すことさえ稀《まれ》だったのかもしれない。

フェンリルの隣《となり》に並んだ乃依流は、行く先が白い霧の中へと消えている橋のほうを眺《なが》める。

「子どもの頃《ころ》の記憶《きおく》は夢みたいに曖昧《あいまい》だし、ここに来た時はうつむいてたから、あんまり憶《おぼ》えてないんだけど……そんなに長い橋じゃなかったはずだ」

霧の中へ消えているように見えても、渡り切るのに五分もかからなかったと思う。全速力で走れば、あっという間に湖の向こうだ。

「フェンリル……これから？」

右側に立つフェンリルを見上げて、石橋まで来たのだからどうすればいいか教えてほしいと促《うなが》す。

乃依流の問いに、返事はなかった。こちらに視線を向けることもなく、真っ直《す》ぐに石橋を見ている。

そのフェンリルの表情は、立ち込める霧で霞んでいることもあって、すぐ近くにいるのによくわからない。

もどかしいけれど、重ねて声をかけることはできなかった。

霧に霞む石橋を目《ま》の当たりにして、なにを思う？

気が遠くなるほどの長い時間、呪われた城に囚われていたのが自分なら、解放は純粋《じゅんすい》な喜びばかりではないだろう。

自分を置き去りにして経過した時間は、きっと怖《こわ》い。数百年に亘《わた》る時流による世の中の変化など、想像もつかないはずだ。

「フェンリル。おれが、一緒《いっしょ》だからね」

手首を摑んでいるフェンリルの手から力が抜《ぬ》け、乃依流が握り締《し》める。

フェンリルが城に囚われたまま逃《のが》れられないのなら、乃依流も共に呪いに身を浸《ひた》そうと思っていた。

でも、フェンリルが絶望に等しい永遠から抜け出せる可能性があるのなら、どんなことでもすると伝えるために強く手を握る。

フェンリルは乃依流の手を握り返すことなく、石の橋を見据《みす》えている。長い沈黙《ちんもく》に焦《じ》れても、急《せ》かすことなくフェンリルの次の行動を待った。

夜の闇《やみ》と視界を覆《おお》う濃い霧は、時間の感覚を狂《くる》わせる。

石橋を前に立ち竦《すく》み、どれくらい経《た》ったのか……乃依流は、視界を覆っていた霧が薄《うす》くなっているように感じて目をしばたたかせた。

もしかして、夜明けが近づいているのだろうか。

湖に石橋が架かるのは、霧が出ている夜だけだと聞いた。霧が晴れるか、夜が明ければ橋は消えてしまうのだろう。

目の前の石橋は、いつまでここにある？

不安になった乃依流が声をかけようとしたのとほぼ同時に、フェンリルが沈黙を破った。

「ノエル。夜が明ける前に橋を渡れ」

「おれだけじゃなく……っ」

一人で石橋を渡らされるのかと、眉《まゆ》を顰《ひそ》めて抗議《こうぎ》の声を上げる。フェンリルの左腕《ひだりうで》を両手で摑む乃依流を、苦笑《くしょう》を浮かべたフェンリルが見下ろした。

「俺も共に渡る。泣きそうな顔をするな」

「……それなら、いい」

ホッとして、フェンリルの左腕に縋《すが》りつく手から力を抜く。

今なら、何故《なぜ》フェンリルも石橋を渡ることができるのか。逃れられなかったこれまでとの違いは、なんなのか。

答えは得られていないけれど、それを知るのは後でいい。

乃依流の最優先事項《じこう》は、石橋が湖に架かっているあいだに、一刻も早くフェンリルと共に渡ることだ。

「じゃあ、行こう」

フェンリルの手を握り、橋に向かおうとした。

乃依流は大きく足を踏《ふ》み出したのに、フェンリルは動かない？

「フェンリル？」

どうして歩き出さないのだと振《ふ》り向くと、フェンリルは繫《つな》いでいた乃依流の手を離《はな》して、軽く背中を押した。

「おまえが先を歩け。俺が先では、橋が消える」

「でも」

「心配せずとも、後ろをついて行く」

不安を隠《かく》せていないだろう乃依流に、フェンリルは仄かな笑《え》みを浮かべてそう口にする。

振り返り、フェンリルがそこにいることを確認して石橋に一歩踏み出した。足の裏に、硬い石の感触《かんしょく》が伝わってくる。

十年前のことは、ほとんど記憶にない。ただ、同じようにフェンリルに見送られて霧《きり》で霞《かす》む石の橋を渡ったのは、朧気《おぼろげ》ながら憶えている。

振り向かずに渡れと、今と同じように背中を押された。

渡り切って振り返ると、石橋も湖もそこに立っていたフェンリルも、最初から存在しなかったかのように消えていたのだ。

記憶の奥底から引っ張り出した過去の顚末《てんまつ》に、ざわっと鳥肌《とりはだ》が立つ。

立ち止まった乃依流の胸に渦巻《うずま》くのは、たとえようのない不安だった。むくむくと膨《ふく》れ上がり、手のひらに冷たい汗《あせ》が滲《にじ》む。

なにかがおかしい。胸の奥が嫌《いや》な感じでいっぱいになり、ざわざわしている。本当に、フェンリルは後ろをついてくるのか？　という疑いが消えない。

……ダメだ。フェンリルがどう言おうと、やはり並んで橋を渡《わた》りたい。

「フェンリル、やっぱりおれと一緒に」

勢いよく回れ右をした乃依流は、橋の直前で立ち尽《つ》くすフェンリルのもとへ引き返そうとした。

数メートル先に見える、霧に溶《と》け込んでしまいそうなフェンリルに手を伸《の》ばす。

燭台《しょくだい》の炎《ほのお》が大きく揺《ゆ》らぎ……消えた。

「戻《もど》るな！」

鋭《するど》い声で一喝《いっかつ》され、後からついて行くというフェンリルの言葉が偽《いつわ》りだったのだと、確信する。

カッと頭に血が上った乃依流は、

「嫌だ！」

短く言い返して小走りで石橋を戻り、フェンリルの腕を摑《つか》んだ。

睨《にら》みつけるように端整《たんせい》な顔を見上げて、嘘《うそ》をついたな……という憤《いきどお》りをぶつけるように唇《くちびる》を触《ふ》れ合わせる。

「嘘つき。馬鹿《ばか》っ。おれ一人じゃ、橋を渡らないからな。一緒じゃないと……」

「強情《ごうじょう》な」

唇を離したフェンリルは、乃依流を見下ろしてつぶやいた。

わずかに眉を顰め、呆《あき》れたような響《ひび》きの一言は、なんとなく諦《あきら》めを含《ふく》んでいて……今更《いまさら》ながら不安になる。

「嫌《きら》い？」

橋を渡るなら、一緒でなければならない。その一心でフェンリルのところへ引き返した乃依流を、疎《うと》ましく思っているかと恐《おそ》る恐る尋《たず》ねる。

しばらく無言で乃依流を見詰《みつ》めていたフェンリルは、苦悩《くのう》を滲ませて乃依流の背中を押した理由を語る。

「……愛《いと》しいから、呪《のろ》いに巻き込みたくない」

乃依流を呪われた城から解放することが、フェンリルの愛情の証《あかし》なのだと知り、歓喜《かんき》で胸がいっぱいになった。

フェンリルの感情は、わかりづらい。でも、乃依流と同じくらいの熱量で想《おも》いを向けてくれている。

……嬉《うれ》しい。嬉しくて、苦しい。

それなら、尚《なお》のこと自分だけでこの橋を渡ることなどできない。

「フェンリルと一緒に永遠に囚われるのなら、本望《ほんもう》だ」

離れたくない、離さないでと、フェンリルの左腕を抱《だ》き込む。強くその腕を引くと、フェンリルがふらりと身体《からだ》を揺らした。

夜明けが間近に迫《せま》ったのか、視界が明るくなって霧が薄れる。もう、蠟燭《ろうそく》の灯《あか》りは必要ない。うつむいた乃依流の目に、フェンリルが確かに橋へと一歩踏み出すのが見えて……。

「っ！」

目の前が、ぐらりと揺らぐ。

眩暈《めまい》かと思ったけれど、そうではなかった。足元の石橋が、大きく波打っているのだ。まるで、フェンリルを拒《こば》むかのように……。

「駄目《だめ》だ、ノエル」

「嫌だっ！　離さな……っ」

低く名前を呼んだフェンリルに突《つ》き放されそうになり、必死でその腕を抱き締《し》めた。ここでフェンリルから手を離せば、二度と逢《あ》えなくなるのではないかという危機感に背中を押され、無我夢中で縋りつく。

ふわりと身体が宙に浮《う》くような、奇妙《きみょう》な感覚に襲《おそ》われる。浮遊感《ふゆうかん》に包まれたのは、きっとほんのわずかな時間だったはずだ。

「あ……」

激しい水音が聞こえたのは、一瞬《いっしゅん》だった。冷たい水中に全身が沈《しず》み、渦のような奔流《ほんりゅう》に揉《も》まれる。

乃依流は不思議と息苦しさを感じず、ただひたすらフェンリルにしがみついていた。

離さない。この腕は……絶対に。

水に包まれてすべての感覚が遠ざかる中、長い腕が身体に巻きついてきて強く抱き締められたと思ったのは、気のせいではないはずだ。

ノエル、と呼ぶフェンリルの声が聞こえたのは……幻聴《げんちょう》かもしれないけれど。

□□□

全身が重い。視界は黒一色に塗《ぬ》りつぶされ、なにも見えない。

暗闇《くらやみ》に身を置いている場合ではない。自分には、護《まも》らなければならない大切なものがあったはずだ。

指が……ピクリと動き、異常に重い瞼《まぶた》を押し開いた。ヒュッと息を吸い込んだと同時に、激しく噎《む》せる。

「ぅ……、ケホッ、コホン！　な……にっ」

身体を丸めて咳《せ》き込んだ乃依流は、眩《まぶ》しい光の中に必死で目を凝《こ》らした。

ここがどこで、つい先ほどまで自分がなにをしていたのか、頭が真っ白になっていて現状が把握《はあく》できない。

忙《せわ》しなく瞬《まばた》きをしているうちに、眩しさのあまり真っ白だった視界がようやく明るさに順応した。

物の形を明確に捉《とら》えられるようになった乃依流の目に、映ったのは……。

「じいちゃんとばあちゃんの、家……おれの、ベッド？」

天井《てんじょう》も、窓のカーテンも、家具やベッドカバーの色も……目に映る物すべてに、見覚えがある。

そうだ。ここはフィンランドで、父親による強引なイギリス留学から姉の協力で逃《のが》れた乃依流は、母方の祖父母の家に滞在《たいざい》させてもらっている？

「でも、おれは……さっきまで、寝《ね》て……た？　え……？」

状況《じょうきょう》的には、ここしばらくホームステイさせてもらっている乃依流の自室のベッドで、眠《ねむ》っていたのだとしか思えない。

けれど、頭のどこかで「違《ちが》う」と否定する自分がいる。

大切な存在を、両手で摑んでいたのだと……全力で握《にぎ》り締めていたことを証明するかのように強張《こわば》る指が、ただ眠っていたのではないと主張している。

ベッドに上半身を起こすと、長く眠っていたのかクラリと眩暈に襲われた。

「頭、ぼーっとする……。おれ、どれくらい寝てた？　夢の中で、なにを摑《つか》んでいた？」

両手を見下ろした乃依流は、ゆっくり指を握り……開き、と繰《く》り返す。

記憶《きおく》がごちゃごちゃに混線していて、自分が大事なことを忘れてしまっているのか、寝惚《ねぼ》けているだけなのかもわからない。

目を閉じて、深く息をつく。

どれくらい眠っていたのか……とか、眠る直前まで何をしていたのか、とか。

余計なものは、頭から追い出せばいい。大切なことだけを思い出せ。絶対に離《はな》さないと誓《ちか》い、この手に摑んでいたのは……。

「フェンリル？」

ふっと、脳裏《のうり》に浮かんだ存在の名をつぶやく。

その途端《とたん》、狼《おおかみ》の耳と立派な尻尾《しっぽ》を持つ端整な容貌《ようぼう》の青年が鮮《あざ》やかに甦《よみがえ》り、一気に乃依流の頭と心を占領《せんりょう》した。

どうして、フェンリルのことを記憶の隅《すみ》に追いやっていたのだろう。

目覚めた直後、夢の中での出来事が曖昧《あいまい》に霞《かす》んでしまう……そんなふうに、あやふやな夢想として扱《あつか》ってはならない存在なのに。

なにより、自分が祖父母宅のベッドにいる理由がわからなくて、恐慌《きょうこう》状態に陥《おちい》る。

「なんで？　フェンリルの腕《うで》を、しっかり摑んでたはずなのに。夢じゃない。夢なんかじゃない。なのに、ど……して」

自分が独りでここにいるのは、どうしてだろう。

両手で頭を抱《かか》えた乃依流は、フェンリルの名前をつぶやいて奥歯を嚙《か》み締める。

違う。混乱している場合ではない。森に行かなければ。フェンリルがどうなったのか、確かめなければならない。

そう決意してベッドから足を下ろしたと同時に、扉《とびら》をコンコンとノックされた。

まだ眠っていると思われたのか、乃依流が反応するより早くドアノブが下がり、扉が開かれる。

「あらっ、ノエル。目が覚めた？　よかったわ。お医者様には眠っているだけだと言われたけれど、なかなか起きないから、もう一度お医者様を呼ばなければならないかと思っていたところだったの」

「ばあちゃん……っ！」

心配そうに表情を曇《くも》らせた祖母が、ベッドに近づいてくる。

その背後に長身の影《かげ》が見え、祖父かと視線を移した乃依流は、予想もしていなかった人物に息を吞《の》んだ。

父親が……どうして、ここに。

パッとうつむいて、目が合うのを避《さ》ける。足元を睨《にら》みつけた乃依流は、心臓が激しく脈打つのを感じた。

確かに、予定していたイギリスに到着《とうちゃく》していなかった乃依流を叱責《しっせき》するためだか日本に連れ戻《もど》すためだか、祖父母宅に来ると聞いた気はする。それが原因で、乃依流は祖父母宅を飛び出して森の奥へ迷い込んだのだ。

でも、一ヶ月以上前のことではなかったのか？　正確にはわからないけれど、フェンリルの城で一、二ヶ月は過ごしていたはずだ。

一度は落ち着きを取り戻したはずなのに、またしても思考が混乱する。

ベッドから片足を下ろした状態で硬直《こうちょく》している乃依流の視界に、祖母の履《は》いているルームシューズのつま先が映った。

「ああ、そうだわ。ノエル、こちらの……アーロンさんにお礼を言いなさい。憶《おぼ》えてる？　湖に落ちたノエルを助けてくれて、ここまで連れてきてくださったのよ」

「……アーロン、さん……？」

耳に覚えのない人物の名前に、怪訝《けげん》な声で返しながらのろのろと顔を上げた。

乃依流の目に飛び込んできたのは、金茶色の髪《かみ》と……蜂蜜《はちみつ》色の瞳《ひとみ》、きっちりとしたジャケットを身に着けた貴公子然とした長身の青年だった。

祖母と、青年と、その脇《わき》に立つ父親と……少し離れたところでこちらを見ている祖父。

言葉もない乃依流は、部屋の中にいる人物を順番に目に映して、自分の手を見詰《みつ》め……

「え？」と零《こぼ》す。

現実感が皆無《かいむ》だ。もう一度、恐《おそ》る恐る青年を見詰めて違和感《いわかん》の正体に気がついた。

「耳……が」

見慣れた、狼の耳がなかった。乃依流の位置からはハッキリ確かめられないが、尻尾があれば祖父が気づくはずだけれど、気にしている様子はない。

乃依流の声が聞こえているはずの青年は、微笑《びしょう》を浮《う》かべて話しかけてきた。

「目が覚めてよかった。もう大丈夫《だいじょうぶ》？」

「……フェンリル？」

乃依流の知っている彼の名前は、『アーロン』ではない。馴染《なじ》みのある名前で呼びかけると、祖母が「ほほほっ」と笑い声を上げる。

「嫌《いや》だわ、ノエルってば……寝惚けているのね。フェンリルは、私が話したおとぎ話の王様の名前よ。確かにアーロンさんは、お城を持つ貴族出身の方だし、王子様か王様かという気品があるけど……おとぎ話と混同しちゃって」

なに？　おとぎ話の、王様の名前？

呪《のろ》われた、狼の魔物《まもの》『フェンリル王』ではなくて……？

混乱する乃依流は、目を白黒させていたのかもしれない。右手を上げて額を押さえたところで、無言だった父親が口を開く。

「湖に飛び込むほど悩《なや》んでいるなら、そう言えばよかったんだ。……言えなかったのかもしれないが」

「えっ……おれは、そんなつもりじゃ」

父親の言葉で、自ら湖に飛び込んだと思われている、と気づいた乃依流は慌《あわ》てて頭を左右に振《ふ》った。

違う、と弁明しようとしたけれど、乃依流からわずかに視線を逸《そ》らした父親がこれまで見たことのない表情をしていたことで、口を噤《つぐ》む。

父親は、いつも自分が正義だとばかりに自信に溢《あふ》れ、傲慢《ごうまん》な言動で乃依流を抑圧《よくあつ》していた。こんな、苦悩《くのう》と後悔《こうかい》が複雑に入り混じった顔を見るのは初めてだ。

「私は、おまえに親の願望と期待を押しつけ過ぎたのかもしれないが、憎《にく》んでいるわけじゃない。死ぬくらいなら、おまえの好きにすればいい」

父親は少し早口でそれだけ言い残し、部屋を出て行ってしまった。

乃依流の言葉を聞こうとしないのも、高圧的な口調も相変わらずだったけれど、語った内容はずいぶんと譲歩《じょうほ》を感じられるものだった。

身構えていた乃依流は、少しだけ肩《かた》の力を抜《ぬ》いて祖母に目を向ける。祖母は微笑を浮かべて、父親の態度が変化した理由の一端を種明かしした。

「私とおじいさんで、叱《しか》っておいたわ。ノエルの人生は、ノエルのもの」

「……ありがと、ばあちゃん。じいちゃん」

呆然《ぼうぜん》としていた乃依流は、ぽつりと祖父母にお礼を告げてぎこちなく笑《え》みを浮かべる。

深呼吸で自分を落ち着かせると、改めてフェンリル……アーロンと呼ばれた青年に視線を移した。

彼は、背を伸《の》ばして真っ直《す》ぐに乃依流を見ている。この、綺麗《きれい》な蜂蜜色の瞳を他《ほか》の誰《だれ》かと見《み》紛《まが》うわけがない。

やはり、フェンリルだ。間違《まちが》いない。でも、どうしてアーロンと呼ばれている？　狼の耳と尻尾は、どうしたのだろう。

聞きたいことは無数にあるのに、祖父母の存在が乃依流から疑問の声を奪《うば》う。もどかしさに唇《くちびる》を嚙むと、青年が乃依流から視線を逸らして祖父母に問いかけた。

「ノエルと二人で話してもよろしいですか？」

「ええ。リビングにパイとお茶を用意しておくから、お話が終わったらいらしてね」

大きくうなずいた祖母と祖父は、乃依流と青年を残して部屋を出て行く。

静かに扉が閉まり……青年と二人きりとなった空間に、改めて緊張《きんちょう》が込み上げてきた。

彼は乃依流を見ているのに、なにも言ってくれない。話しかけたら消えてしまいそうな幻《まぼろし》を見ているようで、なかなか声が出なかった。

瞬《まばた》きを数回、深呼吸を二度……三度。

凝視《ぎょうし》しても消えることがないとようやく確信できて、恐る恐る口を開いた。

「フェンリル……？」

呼びかけた乃依流に、青年は無言で笑みを浮かべる。否定も肯定《こうてい》もしないその笑みは、どう捉《とら》えればいいのだろう。

なにも言えなくなった乃依流は、ジッと青年を見詰める。

彼は、乃依流と視線を絡《から》ませたままゆっくりと近づいて来て、ベッドに腰《こし》かけた乃依流の前に立った。

スッと床《ゆか》に片膝《かたひざ》をつき、乃依流の右手を取って……その甲《こう》に唇を押しつける。

「ノエルのおかげだ」

「どうなってん……の？」

ぼんやりとつぶやいた乃依流に、彼は笑みを深くする。自分だけが、この状況《じょうきょう》を把握《はあく》できていないらしい。

「フェンリル？　でも、ばあちゃんはアーロンって……狼《おおかみ》の耳っ、尻尾《しっぽ》もなくなってるんだよね？　なんでっ？」

堰《せき》を切ったかのように、思いつくまま質問をぶつけた。

彼は笑みを消すことなく、混乱する乃依流の右手を両手で包み込むように握《にぎ》る。

大きな手からぬくもりが伝わってきて、強張《こわば》っていた肩から力が抜けた。

乃依流は、泣きそうな顔になっているかもしれない。小さな子どもを宥《なだ》めるように、手の甲をそっと撫《な》でられる。

視線を絡ませて落ち着いたことを確認《かくにん》したのか、「俺がわかる範囲《はんい》だが」と前置きをして、ゆっくりと語り始めた。

湖に落ちてから現在までの一昼夜、乃依流はのん気に眠《ねむ》っていて……フェンリルは、一跨《ひとまた》ぎした数百年の時空を知って辻褄《つじつま》を合わせなければならない、目まぐるしい時間だったらしい。

《九》

森の小道を、ゆっくりと歩く。立ち並ぶ見事な針葉樹も道端《みちばた》の小さな草花も、幾度《いくど》となくスケッチブックに描《か》いた。

これから乃依流が向かう場所も、スケッチブックに描いたことがないわけではない。ただ、漂《ただよ》う空気がかつてとは異なるだけだ。

しばらく歩いていると未舗装《みほそう》の小道が途切《とぎ》れ、石畳《いしだたみ》が視界に映った。

顔を上げた乃依流の目に飛び込んできたのは、キラキラと太陽の光を弾《はじ》く湖面とアーチ状の石橋。湖の真ん中に浮かぶ小島に佇《たたず》む石造りの古城は、荘厳《そうごん》な雰囲気《ふんいき》を漂わせている。

正《まさ》しく『絵になる』光景だ。

「綺麗だな」

ぽつりと口にした乃依流は、写真がポストカードとして販売《はんばい》されていても不思議ではないなと思いながら、両手の親指と人差し指でフレームを作って覗《のぞ》き込む。

描きたい、という欲求がむくむくと湧《わ》き上がってきたけれど、今は絵を描くよりも逢《あ》いたい人の顔を見ることが先だ。

早足で石橋を渡《わた》りながら、湖面を眺《なが》める。

澄《す》んだ水中を泳ぐ魚の影《かげ》に、寄り添《そ》って水面に浮《う》く水鳥のペア……頭上を小鳥が飛び、自然と頰《ほお》を緩《ゆる》めた。

石橋を渡り切ると、聳《そび》え立つ威厳《いげん》ある古城まで伸びる石畳の小道を、真っ直ぐに進んだ。

今、この城を眺めて『呪《のろ》われた城』などと言う人は誰もいないはずだ。古びた外観は歴史を感じると言い表すだろうし、所々朽《く》ちた石壁《いしかべ》はそれさえ芸術の一部だ。

「あ、フェンリ……じゃなくて、アーロン」

城の正面出入り口となる大きな扉《とびら》の脇《わき》、庭に立つ長身に気づいた乃依流は、小走りで駆《か》け寄った。

うっかり『フェンリル』と呼びかけそうになり、慌てて言い直したのだが……乃依流を迎《むか》えた青年は、笑っている。

「どちらでもいいぞ」

「よくない。きちんと、名前があるんだから」

なにより、『フェンリル』は狼の姿をした魔物《まもの》と言われていた、呪われた王様の呼び名だ。それも今となっては、乃依流の記憶《きおく》にしか存在しないけれど。

「これ……アーロンのところに行くって言ったら、ばあちゃんがベリーパイを焼いたから持って行って、だって」

肩《かた》にかけていたバッグから、小さな箱を取り出す。オーブンから出したパイは大きな四角形だったけれど、アーロンと二人だからそんなにたくさんあると食べ切れないと訴《うった》えたところ、切り分けて箱に詰《つ》めてくれた。

乃依流が差し出した箱を受け取ったフェンリル……アーロンは、端整《たんせい》な顔に見惚《みと》れるような笑みを浮かべる。

「ベリーパイか。嬉《うれ》しいな。お茶を淹《い》れよう」

そう口にすると、自然な仕草で乃依流の肩に手を回して城の中へと促《うなが》した。

太陽の下で目にする姿も、自然な笑顔も……なにもかも、まだ慣れなくてドギマギする。

乃依流は、落ち着けと自分に言い聞かせて深く息をつき、うつむいて頬の紅潮を隠《かく》す。激しく脈打つ心臓の音がアーロンに伝わらないよう、密着した身体《からだ》を少しだけ離《はな》して、薄暗《うすぐら》い玄関《げんかん》ホールへ足を踏《ふ》み入れた。

繊細《せんさい》な彫刻《ちょうこく》の施《ほどこ》された艶《つや》やかな木製のテーブルに、アンティークなコロンとした形のティーポットと湯気の立つティーカップ、ブルーベリーを中心としたベリー類がたっぷりのパイが載《の》せられたお皿が並ぶ。

「ノエル。ミルクが必要なら、ミルクピッチャーから好きなだけ」

「ありがとう」

差し出されたティーカップからは、淹れたての紅茶のいい香《かお》りが漂っている。

大きな窓からは明るい日光が差し込み、庭木で羽を休めている小鳥の囀《さえず》りが聞こえてくる。

こうして、アーロンとのんびりティータイムを楽しむなど……まだ不思議な感じだ。夢を見ているみたいで、現実感が乏《とぼ》しい。

「美味《おい》しいな」

フォークで切り分けたパイを一口食べたアーロンは、目を細めて本当に美味しいと感じている表情でそう言った。

「……うん。おれも、ばあちゃんのお菓子《かし》は子どもの頃《ころ》から大好き。シチューも美味しいんだ」

呪われた不老不死の身だから、飲食の必要はない。

そう、諦《あきら》め切った目で語る『フェンリル』を思い起こせば、パイを口にして美味しいと笑ってくれるアーロンが嬉しい。

ティーカップを手にした乃依流は、あたたかい紅茶を一口飲み……ふっと息をついた。

「ここが、あのお城と同じだなんて……変な感じがする」

「そうだな。長い時の中で忘れていたが、呪いをかけられるまではこうだった。俺の時代で時間が停《と》まっていても、周りの人たちに違和感《いわかん》なく受け入れられたのは幸いだ」

「違和感どころか、貴重品の宝庫みたいなものだ。保存状態がいいアンティーク家具や食器、花瓶《かびん》や絵画に絨毯《じゅうたん》まで……」

本当なら、乃依流が手にしたティーカップも、お茶を飲むために使用するなど憚《はばか》られる高級品だ。コレクターのガラスケースや美術館に、大切に飾《かざ》られていても不思議ではない。

今のアーロンは、若き名士として土地の人たちに認識されている。かつて、この辺り一帯を治める領主だった先祖から受け継《つ》いだ古城を、管理補修しながら保守している……と当然のように受け入れられている。

城と彼自身にかけられていた呪いが解けると同時に、現代に違和感なく溶《と》け込むよう辻褄を合わせて存在しているのだ。

「魔女の呪いっていうより、魔法みたいだ」

「どんな仕組みなのか、俺にもまったくわからんが……」

乃依流の言葉に苦笑《くしょう》したアーロンは、豪奢《ごうしゃ》な室内を見回しておいて、自分の手のひらをジッと見詰める。

乃依流は、テーブルを挟《はさ》んだ向かい側に佇む、目が覚めてすぐ自室で目にした瞬間《しゅんかん》の『貴公子』という印象そのままの姿を無言で眺めた。

——あの、夜明け間近の霧《きり》の中……『フェンリル』と共に石橋へと踏み出した直後、足元が崩《くず》れて湖に落ちた。

乃依流の記憶にあるのは、冷たい水の中で渦《うず》に巻き込まれ、必死で『フェンリル』の腕《うで》を摑《つか》んでいたところまでだ。

その先、祖父母宅のベッドで目覚めるまでの経緯《いきさつ》は『フェンリル』と祖父母から聞いた話でしか知らない。

「フェンリル……アーロンが、おれを湖から引き上げてくれたんだよね」

「ああ。息はあるとわかっていたが、身体が冷え切っていたからな。近くに暖を取れる小屋でもないかと森の小道を歩いているところで、偶然《ぐうぜん》ノエルの祖父君に逢ったんだ。薄着で家を飛び出したノエルを心配して、捜《さが》していたと言っていた」

祖父と共に家に戻《もど》り、濡《ぬ》れた服を着替《きが》えさせられて暖炉《だんろ》の前で身体を暖めてベッドに寝《ね》かされていた……らしい。往診《おうしん》してもらった医者には「眠《ねむ》っているだけで、身体に異状はない」と診断《しんだん》されたそうなので、起きるのを待っていたが、一昼夜眠り続けていたと祖父母に呆《あき》れた調子で聞かされた。

なにより不思議なのは、

「おれ、フェンリルと一緒《いっしょ》に一ヶ月以上お城にいたはずなのに……」

乃依流の祖父母曰《いわ》く、乃依流が森で迷って湖に落ちたのは『乃依流が家を飛び出した日の夕方』だったらしい。

祖父母に余計な心配をかけずに済んだのはいいが、太陽の光から逃《のが》れるように『フェンリル』との逢瀬《おうせ》を繰《く》り返し、少しずつ距離《きょり》を縮めていった……あの日々はどこへ行ってしまったのだろうと、切なくなる。

「俺と、城にかけられた呪いだ。外から来たノエルには影響《えいきょう》しない……と思っていたが、呪いに囚《とら》われそうになっていたのかもしれないな。それを懸念《けねん》して早々に帰そうとしたのに、おまえは頑固《がんこ》に居座り続けて、最後の最後まで俺の腕を離そうとしなかった」

苦笑いを浮かべたアーロンは、祖父母宅のベッドで目が覚めてすぐの時に、乃依流へ語ったのと同じ言葉を続ける。

「強情《ごうじょう》なほど一途《いちず》なおまえが、永遠だと思っていた呪いを解いてくれた。ノエルに逢《あ》わなければ、俺は誰《だれ》かを愛《いと》しいと想《おも》う気持ちを知らなかったし、無償《むしょう》の愛など……信じなかった。魔女から聞かされていたように、呪いから逃れたい一心で愛しいと感じた人間を喰《く》っていたら……きっと、呪いが解けることはなかった。後悔《こうかい》と、更《さら》なる孤独《こどく》に苛《さいな》まれていた」

呪いから解放されたのは、乃依流の一途な想いと『フェンリル』の利己を排《はい》した他者を想う心なのだろう、と。

日中なのに人の姿を保ち、狼《おおかみ》の耳や尻尾《しっぽ》もなくなった青年アーロンから聞いたが、乃依流にしてみれば拍子抜《ひょうしぬ》けしたとしか言いようがない。

呪いを解く術《すべ》はどれほど困難なのかと思い悩《なや》んでいたのに、おとぎ話のセオリーだと冗談《じょうだん》半分で口にしていた『愛』が肝要《かんよう》だったなんて……今でも信じ難《がた》い。

「キスじゃダメだったのかなぁ」

「そうだな。試《ため》してみるかと、軽い気持ちだったせいもあるだろう。初めはノエルも俺も、無償の愛を互《たが》いに向けるほど想いが深まっていなかった」

それは、否定できない。初期段階の乃依流は、フェンリルのことを好きかも？　くらいの想いだった。

あれから同じ時間を過ごし、石橋を共に渡《わた》ろうとした時は、このまま呪《のろ》われた城に永遠に囚われてもいい……と、なにがあっても『フェンリル』から手を離さないのだと心に決めていた。

「フェンリ……アーロンの推測が事実かどうかは確かめようがないけど、なんか、魔女？　も八つ当たりしたけど悪い人じゃなかったのかなぁ……とか思うな」

呪いをかけたという魔女に、直接疑問点を質《ただ》すことはできないのだから、呪いから解放された『フェンリル』の推測でしかない。

でも、『フェンリル』が呪いから逃れる術が、本人が知らされていたという『愛しい人間を喰らえ』というものではなく、『すべてを投げ出すことのできる、互いの無償の愛』なのだとしたら、魔女の目的は罰《ばつ》を与《あた》えるだけではなかったように思う。

「アーロンに愛を知ってほしかったのかな」

愛する人を失って嘆《なげ》き悲しんだという魔女は、八つ当たり混じりに罰を与えたいのと同じくらい、アーロンにも『愛』を知ってほしかったのではないだろうかと。

「そうかもしれない。愛を知らない俺は、傲慢《ごうまん》で冷酷《れいこく》で……無慈悲《むじひ》だった。今なら弟に、愛に命をかけるなど愚《おろ》かだとは言えない」

自嘲《じちよう》の笑《え》みを滲《にじ》ませたアーロンは、乃依流から視線を逸《そ》らして窓の外を見遣《みや》る。窓の外というよりも、もっとずっと遠くを見ているような目だ。

淋《さび》しい？　と喉元《のどもと》まで込み上げてきた言葉を、別のものに変えて口にする。

「アーロン。生きていた時代から気が遠くなるような時間が流れて、独りぼっちになったと思ってるかもしれないけど、おれがいるからね」

知っている人や血縁者《けつえん》が一人もいない孤独は、乃依流には想像もつかない。乃依流が埋《う》められるものではないかもしれない。

だとしても、乃依流は傍《そば》にいると知っていてほしい。

「……ああ。ノエル。おまえは、俺と共に呪われた城に永遠に囚われてもいいと、そう言ってくれた。永遠の誓《ちか》いは、忘れていない」

視線を合わせて、笑いかけてくれる。

勢いや雰囲気《ふんいき》に流されて、そんなふうに伝えたわけではない。乃依流は、本気で『フェンリル』と共に在りたいと願った。

あの時の想いは、今も変わっていない。

「フェンリル……アーロンと、ずっと一緒にいられるようにするため、一度日本に帰ることにした。母親も心配しているみたいだし、色々と手続きが必要なんだ。少しだけ離《はな》れるけど……クリスマスまでには戻ってくるから、待っててくれる？」

本心ではこのままずっと留《とど》まっていたいけれど、これからを考えれば一旦《いったん》日本へ帰国するのは必要なことだ。

渋々《しぶしぶ》「帰る」と言い出した乃依流とは逆に、アーロンは晴れやかに笑う。

「クリスマス？　あっという間だな」

永遠に続くかと思う時間に囚われていたアーロンにとっては、一年足らずなど本当に些細《ささい》な時間なのかもしれない。

一年足らずの別離など物ともしないと受け止めるアーロンに釣《つ》られて、乃依流も、ぎこちないながら笑みを浮《う》かべる。

「アーロン」

改めて名前を呼びかけると、緊張《きんちょう》が込み上げてきた。アーロンの城を訪ねてきたのは、帰国を伝えるためだけではないのだ。

「……明日《あした》の午後には、ここを離れる。ばあちゃんとじいちゃんには、アーロンのところに泊《と》まるって言ってきた」

その意味を、わからないとは言わせない。

目に想いを込めて、アーロンと視線を絡《から》ませる。

アーロンは真意を探《さぐ》ろうとしているらしく、なにも言わずに蜂蜜《はちみつ》色の瞳《ひとみ》でジッと乃依流を見《み》詰《つ》めていた。

「あの夜、おれを引き離した理由は、呪われた身で触《さわ》りたくないから……だよね」

それだけなら、呪いから解放された今は、なにも問題がないはずだ。

乃依流自身を拒《こば》んだのではないと、言ってほしい。

願いは声にならなくて、テーブルの上でグッと手を握《にぎ》り、アーロンの言葉を待った。

息苦しさを感じるほどの沈黙《ちんもく》が続き、不意にアーロンが椅子《いす》から立ち上がる。ビクッと手を震《ふる》わせた乃依流は、身体《からだ》を強張《こわば》らせてティーカップを見据《みす》えた。

どうして、なにも言ってくれない？　まさか、部屋を出て行くつもりでは……。

顔を上げられないでいると、視界の端《はし》にアーロンの上着が映った。

テーブルを回り込んできたアーロンが、乃依流の脇《わき》に立った……と思った直後、テーブルの上で握り締《し》めていた右手を取られる。

驚《おどろ》いた乃依流が顔を上げたと同時に、手の甲《こう》に唇《くちびる》を押し当てられた。

「ノエルにこのようなことを言わせて、すまない。許されるなら……この腕に抱《だ》きたい」

「おれが望んでいるのに、誰の許しがいるの？」

アーロンを見上げて、変なことを言う……と軽く睨《にら》む。緊張から解放された安堵《あんど》より、まだ迷うのかと苛立《いらだ》ちが込み上げてきた。

乃依流の心は、『フェンリル』の寝室《しんしつ》へ押しかけた夜から決まっている。呪いが解けて『フェンリル』から『アーロン』へと変わり、城もあの時とは様相が異なるけれど、乃依流の心だけはあの時のままだ。

乃依流の手を握るアーロンの指がピクリと震え、少しだけ力が増した。

「……ノエルは、強くて美しいな」

もう言葉はいらないとばかりに、背中を屈《かが》めたアーロンが唇を重ねてくる。

乃依流は、じんわりと頰《ほお》が熱くなるのを感じながら震える瞼《まぶた》を伏《ふ》せた。

閉じた時間を共に過ごした『フェンリル』は、こんな台詞《せりふ》を臆面《おくめん》もなく口にする人だっただろうか。

乃依流は変化に戸惑《とまど》うが、照れも躊躇《ためら》いも感じられないのは、呪いから解放されて変わったのではなくこれが本来の『アーロン』だからなのかもしれない。

「改めて、俺の寝室に誘《さそ》ってもいいだろうか」

「断る理由は……ないし」

スマートな返し方がわからなくて、しどろもどろに口にした台詞は、なんとも曖昧《あいまい》な言い回しになってしまった。

自分から言い出したくせにと、呆《あき》れられないだろうか。

そわそわする乃依流とは正反対に、アーロンは余裕《よゆう》の滲む微笑《びしょう》を浮かべている。

「では、初夜の慣例に則《のっと》り、腕《うで》に抱いて寝所に運ぶとしよう」

「え……っ、ぅわ！」

腰《こし》かけていた椅子を引かれたかと思えば、抗《あらが》う間もなくアーロンの腕に抱き上げられる。

あまりのことに、硬直《こうちょく》して絶句する乃依流にアーロンはクスリと笑い、額に口づけが落とされた。

「考え直すか？」

恥《は》ずかしいだけで、嫌《いや》がっているのではない。

そう伝えたくてもきちんと声にならなくて、「やだ」とだけ口にすると、アーロンの首に腕を回して抱きつく。

乃依流の心情は、明確にアーロンへと届いたらしい。

もうなにも口にすることなく、乃依流を腕に抱き上げたままリビングから廊下《ろうか》へと出た。


分厚いカーテンを引いていても、西に傾《かたむ》きかけた日の光が感じられる。

「あ……の、アーロン」

ベッドに下ろされるなり、手際《てぎわ》よく着ているものを脱《ぬ》がされた乃依流は、身を隠《かく》す術《すべ》のない明るさに戸惑う。けれど、手早く自分の服も脱ぎ捨てたアーロンは、嬉《うれ》しそうな表情で見下ろしてきた。

「なんだ？　言いたいことがあれば、なんでも言え」

「あんまり、見ないでほしい……んだけど」

「ノエルの願いなら叶《かな》えたいところだが、それは聞き入れられんな。陽《ひ》の光の中で見るノエルは、綺麗《きれい》だ」

狼《おおかみ》の耳と尻尾《しっぽ》を残しているとはいえ、人の姿をした『フェンリル』と向き合うのは、夜ばかりだった。そのことを思えば、アーロンにこれ以上見るなと強く言えない。

乃依流にしても、明るい部屋で目にする……狼の耳や尻尾のない『アーロン』の姿はまだ見慣れなくて、不思議な感じだった。

「女だろうが男だろうが、誰《だれ》に触《ふ》れても心を動かされたことはなかった。どれほどの美を誇《ほこ》ろうと、俺にとっては権威《けんい》と財産に媚《こ》びる人形にしか見えなかった」

そろりと肩《かた》に触れられ、ビクッと震えてしまった。

アーロンがどんな言葉を続けるのか……不安を隠せていないだろう乃依流を、真摯《しんし》な目で見詰める。

「肌《はだ》があたたかいと感じるのも……触れることが怖《こわ》いと思うのも、初めてだ。ノエルを傷つけたくないと思うのに、想《おも》いのまま抱き潰《つぶ》して腕の中に閉じ込めたいとも願う……抑《おさ》えきれなくなりそうな自分が、恐《おそ》ろしい」

肩を撫《な》で、頬に触れてくる大きな手は、小刻みに震えていた。

そのことに気づいた乃依流は、ふっと息をついて身体の強張りを解き、アーロンの手に自分の手を重ねる。

「大丈夫《だいじょうぶ》だよ。おれは、どんなふうに触られてもアーロンを怖いなんて思わないから。だから、抑えなくていい。次に逢《あ》う日まで、忘れられないくらい……アーロンを刻み込んで」

少しずつ蜂蜜色の瞳が近づいてきて、言葉を切るのと同時に目を閉じる。唇を撫でる吐息《とい き》を感じた直後、やわらかなぬくもりが触れた。

熱い舌も、名残《なごり》を感じる少し尖《とが》った犬歯も……すべてを受け入れたくて、濃密《のうみつ》な口づけに応《こた》える。

「……ン、ぁ！」

胸元《むなもと》を撫でる手も、膝《ひざ》のあいだに割り込まされる脚《あし》も……なに一つ拒んでいない証拠《しょうこ》に、乃依流の身体は熱を帯びている。

触れてくるアーロンの手にも、伝わっているはずだ。

「も、っと……触って。おれの全部、アーロンのだから」

「ノエル……」

低く乃依流の名前を口にしたアーロンは、もう言葉にならないとばかりに無言で手を伸《の》ばしてくる。

「あ、ぁ……アーロンの手、指も……ぃ、い」

どうしよう。どこにどう触られても、気持ちいい。

これまで乃依流は、性的に淡白《たんぱく》なのだと思っていた。

抑えきれない衝動《しょうどう》や激しい欲求とは無縁《むえん》だと、過激な動画を探してはスマートフォンを囲む友人たちを、冷めた目で見ていたのに……。

今は、違《ちが》う。

素肌《すはだ》で感じる、アーロンの手やキスが心地《ここち》いい。これだけでは足りないと、どんどん欲求が増していく。

「もっと、触っていいか」

胸元から脇腹、腰骨……と乃依流の身体に手を這《は》わせたアーロンが、腿《もも》の内側に指先を滑《すべ》らせてくる。

ビクリと腰を震《ふる》わせた乃依流は、こくこくとうなずいて脚の力を抜いた。

「触っ、て。アーロン。……全部。ぁ……ッ」

乃依流がうなずくのを確認《かくにん》したアーロンは、これまで直接触れられていなかったのに熱を帯びている乃依流の屹立《きつりつ》を、大きな手の中に包み込む。ゆるく指を絡《から》められただけでヒクッと震えて、触れられることを歓迎《かんげい》しているのだと伝えた。

「ずっと、触れたかった。触れてはいけないと律していたのに、乃依流はどれほど甘いのか味わいたくて堪《たま》らなかった」

「ぁ、甘……い？」

「ああ。吐息も、舌《した》も……肌も……ここも、か？」

甘いだろうかという乃依流の疑問に、小さく笑って答えたアーロンは、唇《くちびる》を軽く触れ合わせて舌先をペロリと舐《な》める。

喉元《のどもと》、鎖骨《さこつ》と口づけの場所を移して、指を絡ませていた屹立に舌先を押し当てた。

「っあ！　ゃ……だ、アーロン。それ……ダメ、だ」

ビクッと大きく腰を跳《は》ね上げた乃依流は、慌てて両手を伸ばしてアーロンの髪《かみ》に触れる。

アーロンの舌先がそこをかすめたのは一瞬《いっしゅん》だったのに、痺《しび》れるような刺激《しげき》の余韻《よいん》が肌に滞《とどこお》っていて怖い。

「何故《なぜ》だ？　俺に触れられるのは、嫌か？」

「違うっ。アーロンが嫌なんじゃなくて、だって……おれだけ、おかしくなる、から。アーロンも一緒《いっしょ》がいい」

アーロンに触れられるのが嫌なのではなく、一人だけ快楽に堕《お》とされるのが怖いのだと必死で伝える。

アーロンの手を摑《つか》んで「したくない？」と開いた脚の奥に誘導《ゆうどう》すると、蜂蜜《はちみつ》色の瞳《ひとみ》が熱っぽく潤《うる》むのがわかった。

「……少し待て」

「な、に？　ぁ……っ、冷た」

上半身を捩ったアーロンが、ベッドサイドに手を伸ばしてなにかを指に掬《すく》う。透明《とうめい》の糸を引くものの正体は、なにか……質《ただ》すより早く、その指を後孔《こうこう》に押しつけられた。

「蜜だ。滑りやすくなる」

アーロンは、乃依流の疑問に答えながらぬめりを纏《まと》った指先を軽く埋《うず》めてきた。

冷たいと感じたのは一瞬で、違和感《いわかん》に眉《まゆ》を顰《ひそ》めた。

「狭いな。……つらいか？」

遠慮《えんりょ》がちに後孔に触れている指は、浅く含《ふく》まされただけで引き抜《ぬ》かれそうになる。目を見開いた乃依流は、「や、嫌だ」とアーロンの手首を摑んだ。

「大丈夫。平気だからっ」

お願いだからと訴《うった》えると、今度はゆっくり長い指の根元まで突《つ》き入れられる。ビクッと腰を震わせた乃依流は、身体《からだ》の力を抜いて受け入れる意思を伝えた。

それでも、少しずつ……少しずつ、乃依流がもどかしさに「もっとして」と訴えるまで丁寧《ていねい》に触れられる。

「これで、指が三本だ。……つらくないか？」

「い……ぃ、平気。アーロンの指、気持ちぃ……よ」

指の数が増やされても、苦痛や違和感より安堵《あんど》が勝ったくらい身体中を蕩《とろ》けさせられて、吐息が喉を焼くように熱くなる。

熱くて、熱くて……苦しい。

気遣《きづか》いながら触れてくる指だけでなく、密着した腿の内側に感じるアーロンの熱も、すべてを求めている。

「もう、いい。指っ、もういい……から。……全部、欲しい。アーロン……」

震える手を伸ばして、アーロンの背中に縋《すが》りつく。

ピッタリと重なった胸元から、激しい動悸《どうき》が伝わってきた。触れ合う肌も熱くて、互《たが》いの境界があやふやになり……溶《と》けあってしまいそうだ。

「ノエル。愛してる。おまえだけだ」

「……ん」

額に口づけられ、膝を掴む大きな手に下肢《かし》の力を抜いて身体を開いた。

押しつけられた熱塊《ねっかい》は、引き抜かれた指とはなにもかもが違う。質量も……熱量も、伝わってくるアーロンの想《おも》いも。

「きつい、な」

「ン……でも、い……いから」

身体の奥で、アーロンの鼓動《こどう》を感じる。熱くて……ドクドクと激しく脈打ち、心臓がそこにあるみたいだ。

不老不死の、銃《じゅう》でも傷つけられない魔物《まもの》などではない。生身の熱を全身に受けているだけで、なにもかも快楽に変換《へんかん》することができる。

肩《かた》にしがみついたと同時に身体を揺《ゆ》さぶられて、グッと息を詰《つ》める。

「ぁ、あ……ッん！」

「ノエル……ッ」

「謝っ……たら、怒《おこ》る」

すまないと続けられそうで、先手を打ってアーロンの言葉を封《ふう》じる。

自然と滲《にじ》む涙《なみだ》で霞《かす》む視界に、何故か泣きそうな表情になったアーロンの顔が映った。

「ごめんは、いらない。このまま、全部……アーロンでいっぱいにして」

潤み、艶《つや》を増した蜂蜜色の瞳を睨《にら》むように見据《みす》えて口にすると、アーロンは睫毛《まつげ》を震わせて乃依流の目尻《めじり》に口づけを落とした。

身体の奥で感じるアーロンの熱は、先ほどまでと比べて更《さら》に存在感を増している。

「ひぁっ、ぁ！」

ゆっくり抜き差しされると、これまでとは違う痺れるような快さが波紋《はもん》のように広がり、戸《と》惑《まど》いながらアーロンに抱《だ》きついた。

「ノエル……ノエル、愛してるよ」

謝る代わりに、『愛』を伝えることを選択《せんたく》したらしい。

それならいいと、アーロンの背中を強く抱いて「おれも」と想いを返した。

□□□

「見送りは、ここまででいい」

「わかった」

湖に架《か》かる石橋の手前で足を止めて、アーロンに向き直る。乃依流の言葉に、アーロンは小さくうなずいた。

離《はな》れ難《がた》いのはお互い様だと、繋《つな》いだ手から想いが流れ込んでくる。

「すぐに、また逢えるから」

「ああ」

「父さんの会社から、書類を預かってくることも決まってるし……絶対、ここに戻《もど》る」

乃依流の言葉に、アーロンは「わかっている」と微笑《びしょう》を浮《う》かべた。

呪《のろ》いから解き放たれて現代によみがえった『フェンリルの城』は、アンティーク家具や装飾《そうしょく》品など、お宝の山だ。

乃依流の知らないところで交渉《こうしょう》が行われたようで、乃依流の父の会社でいくつかの品を買い取ることになったと聞いた。以後も、アーロンが窓口となり北欧《ほくおう》のアンティークものを欲しがる買い手との仲介役《ちゅうかい》に就《つ》くとの仮契約《けいやく》が交《か》わされたらしい。

乃依流はフィンランドに戻ってきて絵の勉強を続けながら、いずれアーロンと共にヨーロッパ各地の古美術品を扱《あつか》う仕事をする。

あれほど父親の事業を継《つ》ぐことを嫌《きら》っていたのに、サポートをするのだと考えれば乃依流でも関《かか》わることができるのだと気づいた。

長男だからと乃依流を跡《あと》取りに据えることにこだわるのではなく、姉の花梨が「跡取りは私でもいいでしょう？　能力に不足はないと自負しているし、適任だと思うけど。なにか不満でも？」と名乗りを上げたことも大きいのだろう。

今は、自分とアーロンの未来のために、必要な別れだ。

そう頭ではわかっているのに、本心では少しも離れていたくない。

心身ともに結びつきを強くしたことで、尚《なお》のことアーロンの傍《そば》にいたいと想いを強くしてしまった。

「フィンランドのクリスマスは……綺麗《きれい》だよね」

「そうだな。俺の時代でも、煌《きら》びやかだった」

乃依流がぽつぽつと口にした言葉に、アーロンも短く返してくる。

こちらを見下ろす蜂蜜《はちみつ》色の瞳《ひとみ》は、熱っぽく……背を屈《かが》め、軽く触《ふ》れ合わせられる唇《くちびる》はあたたかい。

このままでは、いつまでも手を離せそうにない。乃依流は何度も唇を嚙《か》み、ようやく別れを切り出した。

「もう会えないわけじゃないから、さようならは言わない」

「ああ……クリスマスは共に過ごそう」

日本での手続きが問題なく進めば、クリスマスの前にフィンランドへ戻ってくることができる。

フィンランドのクリスマスは、煌びやかで賑《にぎ》やかだろう。でも乃依流は、アーロンと二人でゆっくりと過ごしたい。

「うん。クリスマスプレゼントは、なにがいいかな。日本の、おとぎ話の絵本とか……どうだろう。あ、でもアーロンは日本語が読めないか」

「ノエルが読んでくれればいい」

「あ……そっか。そうだよね」

クリスマスの再会を改めて約束して、そっと手を離す。

眩《まばゆ》い朝陽《あさひ》の中、石橋を渡《わた》る。

短い橋を渡り切って振《ふ》り返ると、アーロンは同じ場所に立ったまま乃依流を見送っていた。

淡《あわ》い金茶色の髪《かみ》が朝陽を浴び、キラキラと輝《かがや》いているみたいで……眩《まぶ》しさに目を細める。

乃依流が大きく手を振ると、アーロンも手を振り返してくれる。

儚《はかな》く消える幻《まぼろし》ではない、確かにそこにいるのだと安堵《あんど》する。正面に向き直ると、今の時代に確かに存在することを示すような石造りの橋から森に伸びる小道へ足を踏《ふ》み出した。

クリスマスの約束

「うぅ……寒っ。つーか、世界が白い……」

空港から出た乃依流は、目の前に広がる銀世界に目を瞠《みは》る。

これまで乃依流が祖父母に逢《あ》うためにフィンランドを訪《おとず》れていたのは、春の近づいた三月から四月にかけてか夏休みを利用した八月だった。十二月も末に近い真冬にやって来たのは、初めてだ。

北部ラップランドとは異なり、首都ヘルシンキではあまり雪が降らないと聞いたことがあるけれど、十二月のフィンランドはやはり厳冬期だ。あまり降らないのであって、まったく降らないわけではないのだと目の前の光景が語っている。

一日を通して東京とは比較《ひかく》にならないほど気温が低く、服の隙間《すきま》から忍《しの》び込んでくる空気は肌《はだ》を刺《さ》すように冷たい。

事前に情報を仕入れて覚悟《かくご》していたとはいえ、しばらく立ち竦《すく》んでしまった。

目的地は、首都を離《はな》れた東部地方だ。空港周辺より、更《さら》に積雪量が多いだろう。

でも、そこに待っている人のことを考えると、自然と唇《くちびる》に笑《え》みが浮《う》かぶ。

「アーロン、ビックリするかな」

たるませていたネックウォーマーを鼻まで引っ張り上げた乃依流は、手袋《てぶくろ》を着けた両手をこすり合わせてスーツケースのハンドルを握《にぎ》る。

フィンランドに到着《とうちゃく》する日を、敢《あ》えてアーロンにだけ教えていないのだ。予告なく城を訪ねて、驚《おどろ》かせようと計画を立てている。

ひとまず、祖父母宅に身を寄せて……押し掛《か》けるのは、明日《あした》の朝だ。

スーツケースを引いて足早にバス乗り場を目指しながら、アーロンの驚く顔を想像しては含《ふく》み笑いを零《こぼ》した。

□□□

「なんでっ？」

祖父母宅の扉《とびら》を開けた途《と》端《たん》、出迎《でむか》えてくれた人物を目にした乃依流は、一言だけ零して立ち竦む。

「やぁ、ノエル」

「やぁ……って」

複雑な気分で言い返して、目をしばたたかせる。アーロンを驚かせるつもりだったのに、逆《ぎゃく》襲《しゅう》された気分だ。

「いらっしゃい。ノエル」

ひょっこりと顔を覗《のぞ》かせた祖母は、きょとんとした顔になっているだろう乃依流に「うふふ、驚いた？」とお茶目に笑っている。

「ばあちゃん」

この様子では、祖父も共謀《きょうぼう》していたに違《ちが》いない。

バス停まで迎えに来てくれていた祖父の車に乗り込み、家に着くまでなにも教えてくれなかったのに。

「声も出ないくらい驚いたかしら？」

乃依流の反応が鈍《にぶ》いせいか、祖母は長身のアーロンを見上げて「ねぇ？」と首を傾《かし》げる。

アーロンは、苦笑《くしょう》を滲《にじ》ませて背を屈《かが》めると、「ノエル？」と顔を覗き込んできた。間近に迫《せま》る端整な顔に、息を呑《の》んで半歩足を引く。

まさか、祖父母宅でアーロンに出迎えられるとは予想もしていなかったのだから、驚くのは当然だ。

「ノエルには内緒《ないしょ》で出迎えて、驚かせましょうって……私から提案したの。そんなに驚いてくれたら、大成功ね」

嬉《うれ》しそうに笑う祖母には申し訳ないが、ムムム……と眉《まゆ》を顰《ひそ》めてしまう。

不覚だ。驚かせるのは、乃依流がアーロンのことを……だったはずなのに。

「ノエルが戻《もど》ってくるからと、パーティーにお誘《さそ》いをいただいたんだ。俺にだけ到着日を秘密にしていたとは、酷《ひど》いな」

そう言って苦笑したアーロンは、乃依流の眉間《みけん》に刻まれた皺《しわ》を解こうとしてか、人差し指の腹を軽く押しつけてくる。小さく頭を振《ふ》った乃依流に拒絶《きょぜつ》されたと感じたのか、アーロンの表情が曇《くも》った。

乃依流が、意図してアーロンにだけ到着日を内緒にしていたことを知らず、祖父母がパーティーに誘ったらしい。

「おれが、アーロンをビックリさせるつもりだった。……けど」

サプライズ訪問の失敗は残念だけれど、予定より半日早くアーロンに逢えたことが嬉しくないわけではない。

自分の思うように事が運ばなかったからといって、いつまでも拗《す》ねているほど子どもでもないつもりだ。

深呼吸で肩《かた》の力を抜《ぬ》くと、顔を綻《ほころ》ばせて不安そうな蜂蜜《はちみつ》色の瞳《ひとみ》を見上げた。

「……久し振《ぶ》り。逢えて嬉しい、アーロン」

祖父母の目があるから、派手に抱《だ》きつくことはできない。でも、軽い抱擁《ほうよう》なら友人との再会の挨拶《あいさつ》として不自然ではないだろう。

そう思ってアーロンの肩に手を回すと、長い腕《うで》に予想より力強く抱き返される。

「ノエルは相変わらず可愛《かわい》い。少し髪《かみ》が伸《の》びた？」

「ん……短くしたら、こっちだと首元が寒いかな、って」

これくらいなら、同性と抱き合っても変に見えないだろうか。しばらく日本にいたせいで、人との距離感《きょりかん》が上手《うま》く摑《つか》めない。

でもこれはさすがに、熱烈《ねつれつ》なのでは……。

アーロンを突《つ》き放すわけにもいかず、もじもじと身体《からだ》を捩《よじ》って戸惑《とまど》う乃依流をよそに、アーロンは背中を抱き寄せる手をなかなか離してくれない。

どう思われているのか不安になって、アーロンの肩越《かたご》しにチラリと目を向けた祖母は、子犬がじゃれ合うのを見ているかのように微笑《ほほえ》ましそうな眼差《まなざ》しをしている。

特段変に思われてはいないようだけれど、困った……のは、乃依流も本心では離れたくないせいだ。

「おや、まだこんなところにいたのか。玄関先《げんかんさき》にいつまでも立っていては、寒いだろう。暖炉《だんろ》を点《つ》けてあるから、中に入りなさい」

車を車庫に回してきた祖父が、乃依流の背後から声をかけてくる。

祖父の声が合図になったかのように、ようやくアーロンの手から力が抜けた。その隙《すき》に急いでアーロンから身を離した乃依流は、あたふたとスーツケースに手を置いた。

「あっ、うん。荷物……ここに置いてていい？　邪魔《じゃま》じゃない？」

「大丈夫《だいじょうぶ》だよ」

祖父がうなずいたのを確認《かくにん》して、乃依流はぎこちなくアーロンの前を通り抜けるとリビングに向かった。

「サーモンのスープを温めましょうね」

「うん。嬉しい。ばあちゃんのサーモンスープ、すごく好き！」

祖母と話しているのを言い訳に、アーロンから顔を背《そむ》ける。

顔を合わせた瞬間《しゅんかん》は、驚愕《きょうがく》が他《ほか》の感情を押しのけていたけれど、今になって心臓が苦しいほどドキドキしている。目を合わせられない。

のぼせたように首から上が熱いので、隠《かく》しようもなく顔が赤くなっているはずだ。

寒い玄関先から暖炉に火が灯《とも》された暖かい部屋に入ったせいで、血液循環《じゅんかん》がよくなったからだと思ってくれたらいいけれど。

久し振りに食べた祖母のサーモンスープは、すごく美味《おい》しかった。食後のデザートは、乃依流がお土産《みやげ》に持ってきたカステラと抹茶餡《まっちゃあん》のお饅頭《まんじゅう》で、意外な組み合わせかと思われたホットワインとの相性《あいしょう》は予想外によかった。

食欲が満たされると、睡魔《すいま》が忍び寄ってくる。

特に、レンガ造りの暖炉の中で燃える炎《ほのお》を見ていると、うとうと……と眠気《ねむけ》が増していくのは、どうしてだろう。

「ノエル？　静かだと思ったら……」

「あら、やっぱりノエルは暖炉の前で寝《ね》ちゃうのね」

祖母が、クスクス笑っている。

食後の乃依流が、暖炉の前に敷《し》かれた毛足の長いラグの上で丸くなって眠るのは、子どもの頃《ころ》から変わらない癖《くせ》なのだ。

「カップを片付けておくわ」

傍《そば》にいるはずのアーロンと祖母の声が、やけに遠くから聞こえてくる。寝ていない……と答えようとしても、唇《くちびる》がわずかに動くだけで言葉が出ない。

「日本からの長旅で、疲《つか》れているんだろう。そこに膝《ひざ》掛《か》けがあったな」

祖父の声が近くなり、そっと髪を撫《な》でられて身体が暖かな布に包まれた。祖母の編んだ、膝掛けだろう。

「そろそろ失礼します。遅《おそ》くまでお邪魔しました」

「あら、泊《と》まって行ってくださいな」

「いえ、ノエルとゆっくり話したいこともあると思いますし……」

アーロンの声が、どんどん遠ざかる。もう夜も遅いのに、帰ろうとしている……引き留めようと思うのに、身体が動かない。

「ん……」

動け……動け、起きろ、と心の中で念じているのに、指先がほんの少し震《ふる》えるだけで身体を起こせない。

やたらと重い瞼《まぶた》を開くこともできなくて、どんどん意識が暗闇《くらやみ》に沈《しず》んでいく。

「ノエル、おやすみ」

明日《あした》のクリスマスイブは、約束通り二人で……とアーロンに伝えたくても声が出ない。おやすみなさいと返すことさえできず、かすかに睫毛《まつげ》を震わせた。

□　□　□

ザクザクとブーツの底で雪を踏《ふ》みしめながら、慎重《しんちょう》に足を運ぶ。水分の多くない雪だから歩きやすいと言われていたが、雪道を歩くこと自体に慣れていないせいで、何度も転びそうになってしまった。

一番怖《こわ》かったのは、湖に架《か》かるゆるやかなアーチ状の石橋を渡《わた》る時だ。うっかり足を滑《すべ》らせたら湖に落ちるのでは……と、想像するだけで凍《こご》えそうになった。

以前そこに落ちた時は、春先だったため命の危機を感じるほど冷たくはなかった。ただ、十二月末の今だと、無事で済むとは思えない。今ここには、前回湖から引き上げてくれたアーロンもいないのだ。

なんとか転ぶことなく石橋を渡り切り、積もった雪に隠された小道を一心不乱に歩く。

見渡す限り白銀の雪に覆《おお》われた庭は、別世界に来たようだ。

「はぁ……やっと着いた。やっぱり、綺麗《きれい》だなぁ」

城の前面を眺《なが》めることのできる位置で立ち止まり、感嘆《かんたん》の声を上げる。雪化粧《ゆきげしょう》を施《ほどこ》された石造りの城は、予想していたよりずっと綺麗だった。

「描《か》きたい……けど、指がかじかんでペンを持てないかも」

手袋《てぶくろ》を着けたままでは、ペンや鉛筆《えんぴつ》を握《にぎ》りづらい。手袋を外すと、あっという間に指が動かなくなるだろう。

残念……と諦《あきら》めの息をついて、玄関へ続く短い石段を上がる。呼び鈴《りん》はないので、扉《とびら》に手をかけたところで内側から開かれた。

「あ……」

乃依流が向かってくるのを、部屋の窓から見ていたのだろうか。あまりにもタイミングのいい出迎《でむか》えに目を瞠《みは》り、立ち竦《すく》む。

言葉のない乃依流に、アーロンは笑って手を伸《の》ばしてきた。なにかと思えば、頭を軽く払《はら》い、肩《かた》をポンポンと叩《たた》く。道中チラチラ降っていた雪が、帽子《ぼうし》やコートの肩についているのかもしれない。

「寒かっただろう。転ばなかったか？」

「うん、大丈夫。じいちゃんが送ろうかって言ってくれたけど、歩きたかったから断っちゃった。時間はかかったけど、森の針葉樹や湖の橋が雪化粧を纏《まと》ってすごく綺麗だったから、歩いてよかった」

時計を見ていないので正確にはわからないが、前回ここを訪《おとず》れた時の三倍くらいの時間がかかったはずだ。石橋を渡るときだけ少し怖かったけれど、徒歩ならではの景色をゆっくり楽しめたので、徒歩を選んで正解だった。

「身体が冷えてるな。暖炉に火を入れてある」

肩に手を回して中に入るよう促《うなが》され、コクンとうなずく。

冷たい印象だった石の廊下《ろうか》が、今では温かみを感じるから不思議だ。

「ばあちゃんから、ジンジャークッキーとかローストポークを預かってきた。アーロンによろしく、だって」

「それは嬉《うれ》しいな。ワインは用意してある」

背負っているリュックサックを指差した乃依流に、アーロンは嬉しいという言葉通りに目を細めて返してくる。

この城で穏《おだ》やかに笑うアーロンは、半年ほどの別離《べつり》を経て目にするせいもあってか、少し不思議で……妙《みょう》な緊張《きんちょう》が込み上げてくる。

「ノエル？　どうかしたか？」

玄関ホールに一歩入ったところで、乃依流が立ち尽《つ》くしていることに気づいたのだろう。廊下を歩き始めたアーロンが足を止めて振《ふ》り返り、名前を呼びかけてきた。

「なんでもないっ。平気」

首を横に振った乃依流は、帽子と手袋を外しながらアーロンの後を追いかける。

まるで、知らない人みたいだ……なんて、どうしてそんなふうに感じてしまったのだろう。

変な錯覚《さっかく》を頭から追い出して、見慣れた金茶色の髪《かみ》と広い背中を目に映した。

「ノエル、グロッギを」

「ありがとう、いい匂《にお》い」

アーロンから耐熱《たいねつ》ガラス製のグラスを受け取った乃依流は、スパイスを含《ふく》んだ湯気の香《かお》りに目を細めた。

カルダモンやシナモンを混ぜたホットワインは、身体《からだ》を内側から温めてくれる。厳しい寒さのフィンランドでは、定番の飲み物だ。

「そういえば……この部屋って、改装して造った？」

火の灯《とも》された暖炉《だんろ》に、その前に敷かれている暖かなラグマット、落ち着いた空気の漂《ただよ》う小ぢんまりとした部屋は、城の一室というよりも一般《いっぱん》家庭のリビングの様相だ。

ダイニングで食事を終えて、グロッギを用意するからここで少し待っていて……と案内された部屋は、乃依流がこの城で過ごした時にはなかったはずの不思議な空間だった。

日が落ちれば蠟燭《ろうそく》の灯《あか》りだったのが、廊下やダイニングに電球が吊《つ》るされているのも大きな変化だ。外に電線らしきものは見えなかったので、どこかに発電機が置かれているのかもしれない。

「ああ。俺が過ごした時代とは、色々と異なるようだから……ノエルが日本にいるあいだに、数ヵ所手を入れた。ノエルの父上の助言通り、絵画を二、三点とテーブルセットを売りに出すだけで、サウナにバスルーム、このリビングを造ることができた」

「そっか。アーロンが暮らしやすくなるなら、よかった」

乃依流から見れば古代に生きていたアーロンにとっては、突如《とつじょ》二十一世紀に引っ張り出されるなど『浦島太郎』のようなものだったはずだ。

それが、ほんの半年ほどで馴染《なじ》むことができるとは……もともと順応性が高かったのもあるだろうけど、相当な努力も必要だったに違《ちが》いない。

「この城にずっと居住していたのではなく、所有していながら他《ほか》の場所に住んでいたのが、最近になって別宅として使い始めた……と思われているようだからな。このリビングを造ってくれたのは、近くに住む俺と同年代の男だが……城があるのは知っていたものの、内に入ったのは初めてだと面白《おもしろ》がられて、友人になった」

「へぇ……いいこと、だよね」

狼《おおかみ》の姿をした魔物《まもの》『フェンリル』と呼ばれ、独りぼっちで数百年、閉じた時間に囚《とら》われていたアーロンに……同年代の友人ができた。

それは、乃依流にも喜ばしいことのはずだ。それなのに、胸の奥がチクリと痛むのはどうしてだろう。

呪《のろ》われた城に囚われていた時は、アーロンを独り占《じ》めできていたのに……など、自分勝手な感傷だ。

醜《みにく》い独占欲を隠《かく》したくて、アーロンから目を逸《そ》らした。両手で包み込むように持った温かいグラスを、ジッと見詰《みつ》める。

乃依流の複雑な心境を知る由《よし》もないアーロンは、静かに語った。

「まだなにかと勉強中だが、便利な世の中だ。世界は、このように変化していたのだな」

「うん。変わった世界は、怖くない？」

アーロンの立場を自分に置き換《か》えてみると、とてつもない恐怖《きょうふ》だ。気が遠くなる時間を独りきりで過ごし、そこから解放されたと思えば別世界に放り出されるなど……アーロンのように笑えないかもしれない。

乃依流が、アーロンをそんな世界に連れ出した。

あの時の、自分が『救ってあげる』という独善的な義務感は、どこから湧《わ》いてきたものなのだろう。

偶然《ぐうぜん》だったとはいえ、結果的にアーロンを呪いから解放できたことを後悔《こうかい》はしていないけれど、一人で浮《う》かれてばかりいていいのだろうかと疑問が浮かび上がる。

うつむく乃依流の隣《となり》に腰《こし》を下ろしたアーロンは、持っていたグラスをラグの脇《わき》に置いて答えた。

「怖《こわ》くは……ないな。逃《のが》れることも死ぬことすら許されない永遠は、絶望でしかなかった。あの時間と比べれば、夢のような日々だ」

どんな顔で、そう言っているのか……そろりと横顔を窺《うかが》う。

この部屋には電気を通していないらしく、暖炉に灯された火の灯りだけだ。それでも、仄《ほの》かな微笑《びしょう》を浮かべたアーロンの表情を窺うことはできた。

「それに……変わらないものもある」

不意にこちらに顔を向けたアーロンと、視線が絡《から》む。

心の準備ができていなかった乃依流は、視線を逃《に》がそうとしたのに……アーロンの手に頬《ほお》を包まれて、動けなくなってしまった。

「ノエルのことを愛《いと》しいと感じる心は、そのままだ」

静かな声に、心臓がドクンと大きく脈打つ。

暖炉の炎《ほのお》の色を映した蜂蜜《はちみつ》の瞳《ひとみ》は、いつもより色濃《いろこ》く見える。乃依流から目を逸らすことなく、言葉を続けた。

「どんな世界だろうと、おまえがいるだけでいい。また逢《あ》えると約束をしていたからな。ここで待つ時間も、楽しかった」

瞼《まぶた》を伏《ふ》せると、そっと額を触《ふ》れ合わせてくる。

乃依流も目を閉じて、暖炉の中でパチパチと燃える薪《まき》の音に耳を澄《す》ませた。

愛しい。その思いは、暗闇《くらやみ》に包まれた城にいた時も、こうして暖かな暖炉の前にいる今も変わらない。

「うん……なんか、一人で変に考えてたけど、おれも同じだ。『フェンリル』のことも、アーロンのことも、好きだよ。呪われた城で、永遠に囚われてもいいと思ってた。でも今は、こうしてアーロンと過ごせるのが幸せだ。クリスマスは、ただの季節イベントだとしか思ってなかったのに、誰《だれ》かと一緒《いっしょ》にいたいなんて初めてだ」

クリスマスの再会を約束して日本に帰ってから、フィンランドのクリスマスは、家族と静かに過ごす大切な時間なのだと知った。マーケットは早々に閉まり、煌《きら》びやかな街から人が消えて家に帰る。

だからこそ、必ずクリスマスに間に合うようにここに戻《もど》りたかった。

「じいちゃんとばあちゃんは、クリスマスイブをアーロンと一緒に過ごすと宣言したら少し不思議そうだったけど……ノエルが笑っていればいい、って手料理を持たせてくれた。ここに来たばかりのおれ、そんなに悲痛な顔をしていたのかな」

春先に、父親やイギリス留学から逃れるためフィンランドを訪《おとず》れた自分がどんな顔をしていたのか、乃依流自身には知る術《すべ》がない。でも、祖父母が自分に接する態度を見ていたら、よほど追い詰められていたのだろうと想像はつく。

「そうだな……呪いに囚われた城に辿《たど》り着き、誰もが魔物だと言った俺を見ても悲鳴を上げないくらいには」

「……子どもの頃《ころ》のおれも、『フェンリル』を魔物だとは思わなかったよ。そういえば、これまでここに来た人とは違う……みたいに言われた」

乃依流に対する『フェンリル』こそ、奇妙《きみよう》なものを見る目をしていた。そう思い出せば、自然と唇《くちびる》に笑《え》みが浮かぶ。

両手で持っていたグラスが邪魔《じやま》になり、アーロンが置いたグラスの隣に並べる。自由になった手で、アーロンの髪に触れた。

何度か触れた狼の耳は、ここにはもうない。それが、少しだけ淋《さび》しい。

「おれは、狼の耳や尻尾《しっぽ》のある『フェンリル』も好きだった。完全な獣《けもの》の姿も……綺麗《きれい》で格好よかったし、うん……想《おも》いは、変わらない」

両手でアーロンの髪《かみ》を掻《か》き乱すと、「おい」と笑って手首を摑《つか》まれる。至近距離《きょり》で蜂蜜色の瞳と視線が絡み、自然と目を閉じた。

「ノエル……俺に愛を教えたのは、おまえだ」

「んっ……ぅ、ン」

静かな一言にうなずこうとしたところで、唇が重なってくる。肩《かた》を抱《だ》き寄せられ、両手をアーロンの背中に回した。

舌先を軽く触れ合わせただけで唇が離《はな》されて、ギュッと強くしがみつく。

「アーロン。おれ、も……。ばあちゃんから聞いた『フェンリル王』の花嫁《はなよめ》になって、永遠に囚われてもいい……って、本気で思ってた」

「今も？」

「今も。このまま、アーロンと一緒にお城に囚われてもいい」

イタズラっぽく笑いながら投げかけられたアーロンの問いに、迷うことなくうなずく。笑みを消したアーロンは、乃依流の唇に軽いキスを繰《く》り返しながら髪を撫《な》で回してきた。

込み上げる愛しさをどう表現すればいいか、溢《あふ》れそうな想いをどこに逃がせばいいのか……

戸惑《とまど》っているみたいだ。

「それは、ずいぶんと甘美な呪いだ」

「……呪いじゃなくて、祝福かな」

顔を合わせて微笑《ほほえ》みを交《か》わし、額や目元、唇に……耳元、あちこちに降ってくる口づけの雨に「くすぐったい」と肩を震《ふる》わせる。

「ノエル、寝室《しんしつ》まで待てない」

「……おれも」

想いは同じだと、唇を触れ合わせることで伝えた。

ベッドの上でなくても寒くはないし、暖炉《だんろ》の炎以外に灯《あか》りは必要ない。なにより、アーロンがいるだけで足りないものは何もない。


素肌《すはだ》で感じるアーロンの手は、大きくてあたたかい。ただ、乃依流が壊《こわ》れないよう慎重《しんちょう》に……と伝わってくるような触れ方は、もどかしい。

首筋を撫で、肩から腕《うで》……手の甲《こう》まで辿る手は、愛撫《あいぶ》というよりくすぐられている気分だ。

「ん……っ、そんなに、恐《おそ》る恐るじゃなくていいのに。おれは簡単に壊れたりしないって、知ってるよね？」

一度は、その腕に抱かれているのだ。アーロンに比べたら小さいかもしれないが、見た目より丈夫《じょうぶ》だとわかっているはずだ。

笑いそうになるのを噛《か》み殺して、「好きなように触《さわ》っていい」と訴《うった》える。

「あの時は、夢中だった。余裕《よゆう》がなかったせいで、ノエルを泣かせただろう」

表情を曇《くも》らせてそう言ったアーロンに、首を傾《かし》げる。

泣いた？　そう……だったか？

乃依流のほうこそ、夢中で余裕がなかったせいで記憶《きおく》が曖昧《あいまい》だ。

「泣いたつもりはないけど、そんなふうに見えたなら……嬉《うれ》しかったんだ。アーロンを全身で感じることができて」

だから平気だと、アーロンの頬を両手で挟《はさ》んで蜂蜜色の瞳を覗《のぞ》き込む。

誰かと触れ合いたいと思ったのは『フェンリル』が……アーロンが初めてだし、離れていたあいだに知った渇望《かつぼう》という強い感情も、アーロンが教えてくれた。

こうして体温を感じながら焦《じ》らされると、もどかしくて堪《たま》らない。

「おれも、アーロンに触りたい……触られたい、って望んでいるから。早く……もっと、触って」

ジッとしていられなくて、アーロンの身体《からだ》に手を伸《の》ばした。

胸元《むなもと》に手を押し当てると、心臓が早鐘《はやがね》を打っているのがわかる。身体の熱を直接感じられるのが、嬉しい。

胸元から下腹部にまで手のひらを滑《すべ》らせて、臍《へそ》の下……熱を帯びた屹立《きつりつ》に、そろりと指を絡《から》みつかせた。

「ッ、ノエル！」

ビクッと肩を震わせたアーロンと、目を合わせる。熱っぽく潤《うる》む蜂蜜色の瞳に、隠《かく》し切れない色香《いろか》が漂《ただよ》っていて、コクンと喉《のど》を鳴らした。

「触るの、ダメなら……やめる」

「駄目《だめ》ではないが……、好きにしろ」

アーロンは、諦《あきら》めたようにそう口にしておきながら、お返しとばかりに乃依流の身体へ手を伸ばしてきた。

大きな手に同じくらい熱くなった屹立を包み込まれて、ビクビクと身体を震わせる。

「あ、ぁ……ッ、ずる……ぃ。そんなふうに、したら……ッ」

アーロンに触れる指から、力が抜《ぬ》けてしまう。

互《たが》いの熱を煽《あお》り合いながら、唇を重ねて……蕩《とろ》けそうに熱い舌を絡みつかせる。耳の奥で響《ひび》く鼓動《こどう》も、混じり合う吐息《といき》も、近すぎてどちらのものかわからなくなりそうだ。

「ッ、あ！」

脚《あし》を抱《かか》えるようにして大きく割り開かれて、その奥に指を滑り込まされる。反射的に身体を強張《こわば》らせた乃依流は、アーロンの屹立から指を離してしまった。

「もっと、欲しい……ノエル」

耳元で熱っぽく懇願《こんがん》されるまでもなく、乃依流も同じものを求めている。そう答えたいのに上手《うま》く声が出なくて、コクコクとうなずくだけで精いっぱいだ。

なんとか手を伸ばし、アーロンの肩に縋《すが》りついた。

乃依流の声にならない想いはきちんと伝わったらしく、アーロンの指がゆっくりと突《つ》き入れられる。

もっと、もっと……アーロンが欲しいから、呼吸を合わせて長い指を受け入れる。

アーロンは長い長い時間をかけて乃依流の身体を蕩けさせて、粘膜《ねんまく》を馴染《なじ》ませていた指を引き抜いた。

そのままの体勢で身体を重ねてこようとしたから、背中に軽く爪《つめ》を立てて訴える。

「アーロン……もっと、くっつきたい」

「ん……じゃあ、少しだけ我慢《がまん》できるか。そのまま、しがみついてろ」

乃依流がうなずいたのを確認《かくにん》して、背中を抱き寄せるようにして身体を起こされた。アーロンの膝《ひざ》に抱き上げられた体勢で、鼻先を擦《こす》り合わせる。

「苦しいかもしれないが、ぴったりくっつける」

「うん……これがいい」

ふっと熱い吐息を零《こぼ》して、アーロンの唇を受け止める。口づけに気を逸《そ》らしているあいだに、腰《こし》を摑まれて後孔《こうこう》に熱の塊《かたまり》を押し当てられた。

受け入れたい、と下肢《かし》の力を抜いてアーロンの肩にしがみつく。

じわじわ……熱が侵食《しんしょく》してくる感覚に、深く息をついた。

「ノエル、きつくないか？」

「ン、い……いっ、よ。アーロンの熱、感じ……る」

密着した身体が熱い。重なった胸元から伝わってくる動悸《どうき》が、自分のものと共鳴しているみたいだ。

身体で得ている快楽と、心が感じている快さと……どちらが乃依流を支配しているのか、あやふやになる。

「アーロン……も、っと」

際限なく欲深くなり、もっと欲しいと広い背中に縋りつく。

乃依流が自分でも持て余すような欲求を、アーロンはすべて受け止めて返してくれた。

「ああ。離せない……ノエル」

息苦しいほど強い抱擁《ほうよう》が、嬉しい。

この狂《くる》おしい時間に囚《とら》われるのなら、どれほど幸せだろう……と背中を抱く手に力を込めた。

□
□
□

「あ……れ？」

「寒いか？　暖炉はとっくに消えているからな。もっとこちらに寄れ」

身体を捩《よじ》って目を開いたと同時に、肩《かた》を抱《だ》き寄せられる。

一瞬《いっしゅん》、ここがどこで自分がなにをしていたのか、わからなくて……慌《あわ》てて声が聞こえてきたほうへ目を向けた。

「ノエル？　まだ眠《ねむ》いか？」

クスリと笑ったアーロンが、乃依流の目元に唇《くちびる》を押しつける。蜂蜜《はちみつ》色の瞳《ひとみ》と視線が絡み、ようやくぼんやりとしていた頭がクリアになった。

「あ……っ、えーと……おはようございます、でいいのかな」

朝なのだろうと思うが、この明るさはもしかして昼を過ぎているのかもしれない。

迷いながら口にした乃依流に、アーロンはクスリと笑って唇を合わせてきた。

「喉が渇《かわ》いただろう。すっかり冷たくなっているが、グロッギを飲むか」

「うん」

乃依流がうなずくと、アーロンは肘《ひじ》をついて上体を起こし、ラグの脇《わき》に置いていたグラスへ手を伸ばす。

乃依流は手を出したのに、当然のように自分の口に含《ふく》んで口づけてきた。口腔《こうこう》に流れ込んできたのは少量だったけれど、喉の渇きは少しマシになる。

「本物……？」

数えきれないほど夢に見ていたせいで、ここにいるのは本物のアーロンなのかリアルな幻《まぼろし》なのかと、不思議な感覚に襲《おそ》われる。

「ああ。ノエルこそ。もう一度、確かめさせてくれ」

まだ寝惚《ねぼ》けているのかと揶揄《やゆ》することなく、笑みを深くしたアーロンが唇を重ねてきた。

グロッギのスパイスが消えるまで舌を絡みつかせる濃密《のうみつ》な口づけに、夢や幻ではないと確信する。

口づけを解いて小さく息をつくと、アーロンの肩に額を押しつけた。

「父さんから、書類……預かってきてるし、いろいろ話したいこと……話さないといけないこともあるけど、もう少し後でもいいかな」

リュックの中には、日本から持参した書類がある。それに、父親の許可を得てフィンランドに滞在《たいざい》する乃依流の今後も話そうと思っていた。

でも、それより今は……こうして、約束のクリスマスの朝を怠惰《たいだ》に過ごしたい。

「後でいい。永遠ではないが、二人で過ごす時間はまだある」

乃依流の背中を抱くアーロンの言葉に、小さくうなずく。

そっと髪《かみ》を撫《な》でる手が心地《ここち》よくて……醒《さ》めたはずの眠りに、引き戻《もど》される。

「子どものノエルが置いて行ったスケッチブックを、見せたい。それも……もうひと眠りしてからだな」

アーロンの声が、ぼんやりと聞こえる。

子どもの？　と聞き返したいのに、声が出ない。

そっと髪を撫でる手……寄り添《そ》うぬくもりに促《うなが》されて、極上《ごくじょう》の微睡《まどろ》みに漂った。

あとがき

こんにちは、または初めまして。真崎《まさき》ひかると申します。この度は、『フェンリル王と永遠の花嫁』をお手に取ってくださり、ありがとうございました。

北欧神話のフェンリルをお借りしました。ただ、名前と狼の部分だけ使わせていただき、あとは完全な創作です。もっと冷酷な狼の魔物になるはずだったのですが、なんだか甘い狼になってしまいました。

ルビー文庫さんではイヌ科の攻《せめ》が続いていますが、ちょっとずつ異なるワンコになっているはずですので、一人（一匹？　一半獣人《はんじゅうじん》？）でも、お好みのワンコがいれば嬉しいです。

イラストを描《か》いてくださった、こうじま奈月《なづき》先生。綺麗で格好いい、正《まさ》しく王様か貴公子かというフェンリルと、ふわふわ可愛い乃依流《のえる》をありがとうございました。フェンリルの耳と尻尾がもふっもふで、「これは触《さわ》りたい」とつぶやきました。……ご迷惑をおかけしてしまい、申し訳ございませんでした。

今回も、とてつもなくお手を煩《わずら》わせました、担当K様。ダメな大人で、本当に申し訳ございません。平伏して、ありがとうございますとお伝えしたいです……。

ここまで読んでくださいまして、ありがとうございました。二〇二一年も、まだまだ落ち着かない一年でした。現実から離れた本の世界で、ほんの一時でも楽しいなと思っていただけるお時間のお手伝いができていましたら幸いです。

それでは、バタバタとですが失礼致します。また、どこかでお逢いできますように！

二〇二一年　来年こそ平穏を取り戻した世界となりますように

真崎ひかる

KADOKAWA RUBY BUNKO

フェンリル王《おう》と永遠《えいえん》の花嫁《はなよめ》

真崎《まさき》ひかる

角川ルビー文庫　22938

2021年12月1日　初版発行

発行者——青柳昌行
発　行——株式会社KADOKAWA
〒102-8177　東京都千代田区富士見2-13-3
電話 0570-002-301（ナビダイヤル）
印刷所——株式会社暁印刷
製本所——本間製本株式会社
装幀者——鈴木洋介

●お問い合わせ
https://www.kadokawa.co.jp/（「お問い合わせ」へお進みください）
※内容によっては、お答えできない場合があります。
※サポートは日本国内のみとさせていただきます。
※Japanese text only

ISBN978-4-04-112043-9　C0193　定価はカバーに表示してあります。

◇◇◇

KADOKAWA RUBY BUNKO

角川ルビー文庫

いつも「ルビー文庫」を
ご愛読いただきありがとうございます。
今回の作品はいかがでしたか？
ぜひ、ご感想をお寄せください。

〈ファンレターのあて先〉

〒102-8177 東京都千代田区富士見 2-13-3
株式会社KADOKAWA
ルビー文庫編集部気付
「真崎ひかる先生」係